ISHQ दोबारा

AF832609

BlueRose
Publishers
NewDelhi • London

First Published in September 2021

ISBN: 978-93-5472-122-9

BLUEROSE PUBLISHERS

www.bluerosepublishers.com

info@bluerosepublishers.com

+91 8882 898 898

Cover Design:

Nirmal

Typographic Design:

Tanya Raj Upadhyay

Distributed by: BlueRose, Amazon, Flipkart

ॐ

'इश्क दोबारा'

सबसे पहले मैं उस ईश्वर को धन्यवाद करती हूँ जिन्होने मुझे इस योग्य बनाया कि मैं अपने सपने को पूरा कर पा रही हूँ। उसके बाद मैं धन्यवाद करती हूँ अपने मम्मी -पापा का, मेरी मम्मी श्रीमती अनीता माहेश्वरी जिनसे पढ़ने का शौक मुझे विरासत मे मिला और मेरे पापा श्री प्रेम शंकर माहेश्वरी, जिन्होंने मुझे समझाया कि गीता का दूसरा मतलब होता है - " कर्म " !

अब मुझे लेखन के कर्म पथ पर आगे बढ़ते जाना है

‘लोगों को लगा, रैना सरजियस से शादी करेगी पर तभी स्टेज पर एंट्री हुई ब्लंटशली की’

लाइन पढ़ते ही, सोनल के चेहरे पर मीठी सी मुस्कान आ गई। वो पाँच बार ‘आर्मस एण्ड द मैन’ पढ़ चुकी है और हर बार यही मुस्कान उसके चेहरे पर बिखर जाती है।

‘आइ लव ब्लंटशली,’ उसने ख्यालों में खोते हुए कहा।

‘ही इज किलर यार, सो डैशिंग, सो हैण्डसम, आइ वाण्ट हिम इन माई लाइफ!’

दूसरे बेड पर पढ़ रही प्रिया बोली ‘पागल है क्या तू? जिसे देखा नहीं उससे प्यार? और जानती क्या है तू उसके बारे में!’

‘देखा नहीं पर पढ़ा तो है, तू नहीं समझेगी बस इतना समझ ले।

‘‘ये तो इश्क की इंतहां हो गयी

तुझे देखा भी नहीं और मोहब्बत बेहिसाब हो गयी।’’

‘पागल’ बोलते हुए प्रिया अपनी किताब में खो गई और सोनल ब्लंटशली के ख्यालों में।

पन्द्रह साल बाद –

सुबह 4:30, उफ्फ क्या भयानक सपना था! सोनल झटके से उठ गयी, अप्रैल के महीने में पूरी तरह पसीने से नहा चुकी थी। हाथ बढ़ाकर मोबाइल पर टाइम देखा, सोचा अब सोना नहीं है, जाकर बॉलकनी में खड़ी हो गयी। कुछ बेहतर महसूस होने लगा। सुबह होने को है, पहली किरण ने अभी अपना सफर तय करना शुरु नहीं किया था पर पक्षी बोलने लगे थे, दूर से आती मद्धम सी गाने की आवाज, उस खामोशी में सुखद सी प्रतीत हो रही थी। कुछ खास है इस सुबह में।

सोनल की जिन्दगी पटरी पर चल रही थी। डॉक्टर पति, वो खुद एक स्कूल टीचर, 8 साल का बेटा। पारिवारिक सुख क्या होता है, इसका प्रतिबिम्ब सोनल के चेहरे पर देखा जा सकता था। हँसती–खेलती उसकी छोटी सी दुनिया। इंग्लिश लिटरेचर से बी.ए. करने के साथ ही उसकी शादी रोहन से हो गयी, जो पेशे से डॉक्टर और दिल से उसके प्यार के मरीज थे। दोनों में प्यार बेशुमार था और उस प्यार की निशानी है उनका प्यारा बेटा पल्लव। वो मुस्कुराता तो जैसे सोनल की दुनिया ठहर कर सात रंग बिखरा देती, उसके मुँह से सबसे खूबसूरत शब्द 'माँ' लगता और सोनल तो जैसे अपने परिवार पर फिदा थी।

पर दुनिया के हर परिवार की तरह आज सोनल भी बहुत चिन्तित थी। कोरोना का कहर हर ओर फैल चुका था। डॉक्टर होने के नाते रोहन का काम बहुत बढ़ चुका था। आज से रोहन को हॉस्पिटल के पास के रूम में तीन और डॉक्टर्स के साथ रहने जाना है। बैग तो सोनल पहले ही पैक कर चुकी थी। अब तो बस गाड़ी का इंतजार था, जो हॉस्पिटल की तरफ से रोहन को लेने आने वाली थी।

'अरे यार......यहाँ खड़े–खड़े आधा घण्टा हो गया।' 'यार' कहने की सोनल की पुरानी आदत थी, जिसे वो थोड़ा जोर लगाकर कहती तो 'यार' उसके मुँह से गजब लगता।

'चाय बनाती हूँ तब तक रोहन भी उठ जायेंगे.... और चाय के साथ उनका पसंदीदा सैण्डविच बनाती हूँ। फिर पता नहीं कब वो मेरे हाथ का नाश्ता कर पायेंगे।' सोचते हुए सोनल बेडरूम में पहुंची, एक निगाह रोहन और पल्लव को देखने के लिए।

रोहन कमरे में बेटे को गले लगाकर सो रहे थे। सोनल ने जाकर देखा, जाने क्यों आँखें नम हो गयीं। 'कोई बात नहीं ये दिन फिर वापस आयेंगे,' सोनल एक सकारात्मक विचारों की महिला थी। उसे उम्मीद थी कोरोना के खत्म होते ही फिर सब कुछ बेहतर हो जायेगा।

'बाय पापा!'

'बाय बेटा.... और हाँ शरारत कम करना, पढ़ाई ज्यादा और.... मम्मा को परेशान', रोहन ने शरारत से कहा, 'बहुत सारा करना।'

दोनों पापा–बेटे हँस पड़े और सोनल झूठ–मूठ नाराजगी दिखाने लगी।

'रोहन!', सोनल थोड़ा उदास थी।

'हाँ बोलो!'

'क्या जाना जरूरी है!'

'मैडम, आप एक डॉक्टर की बीवी हैं, डरना नही है, हिम्मत से काम लेना है, रोहन ने उसे समझाया।

'ठीक है।'

'अब तुम पल्लव को अंदर ले जाओ, लॉकडाउन में बाहर खड़े रहना ठीक नही।'

'चलो बाय!'

'बाय!'

'बाय पापा!'

सुबह 11 बजे

रोहन के जाते ही एक खामोशी सी बिखर गयी थी। पल्लव दूसरे कमरे में टी.वी. देख रहा था और सोनल लैपटॉप लेकर बैठ गयी। नई कहानियाँ, किताबें, कविताओं को सर्च करना, पढ़ना उसका शौक था।

34 साल की सोनल एक बहुत खूबसूरत दिल की मल्लिका थी, सांचे में ढला फिगर, कहर ढाती मुस्कुराहट, मीठी सी बोली उसके व्यक्तित्व में चार चाँद लगाती थी। उस पर उसका हिन्दी, अंग्रेजी और उर्दू का बेहतरीन शब्दकोश, बोलती तो ऐसा लगता मानो ग़ज़ल कह रही हो। मासूमियत ऐसी कि जब उसकी नजरें झुकें तो हया भी शरमा जाये। पर आज सुबह से ही वो चुप–चुप थी। रोहन के बिना दिल नहीं लग रहा था और न्यूज देखकर चिन्ताएं भी बढ़ रही थीं इसीलिए उसने अपना ध्यान लैपटॉप पर लगा दिया और कुमार विश्वास की कविताएं सुनने लगी। तभी एक व्हाट्स अप मैसेज सामने दिखा–

'हैलो!'

'बहुत बिजी हो क्या?'

कोई अन्जान सा चेहरा डीपी में दिखा, पहचानने की कोशिश करने लगी। कोई लड़का बाइक से नीचे रोड पर

स्टाइल से बैठा है, सनग्लासेस लगे हैं और चेहरा थोड़ा सा हाथ से ढका हुआ।

'समझ में नहीं आ रहा.. कौन हो सकता है,' सोच में पड़ गयी सोनल। 'ओ.के... कहीं ये बदमाश उमंग तो नहीं, शरारती कहीं का!'

उसने पल्लव को आवाज लगायी 'पल्लव देखना, ये फोटो उमंग का है क्या?'

पल्लव भागता आया, गौर से देखकर बोला 'नहीं मम्मा... भाई तो नहीं लग रहे।'

'हू इज दिस' उसने मैसेज टाइप किया, तुरन्त दो नीली लाइनें हो गयीं।

'अमिताभ बच्चन– कौन बनेगा महाकरोड़पति से।' मैसेज का जबाव आया।

अब सोनल ने अनदेखा कर दिया। लगता है कोई मजाक कर रहा है, वह लैपटॉप बन्द कर खाना बनाने चली गयी।

दो घण्टे बिजी रहने के बाद मोबाइल लेकर बैठी ही थी कि वही लडका...................

'सॉरी... अगर मजाक पसन्द नहीं आया तो!'

'आप हैं कौन?'

'अरनव फ्रॉम इन्दौर।'

'आइ डोण्ट नो एनी अरनव फ्रॉम इन्दौर।'

'मुझे पता है आप मुझे नहीं जानती।'

'तो क्या आप मुझे जानते हो?'

'नहीं।'

'आपको मेरा नम्बर कहाँ से मिला!'

'बस यूं ही एक नम्बर डायल किया, सेव कर मैसेज सेण्ड कर दिया, सुबह से बहुत बोर हो रहा था। किसी से बात करने का दिल कर रहा था।'

'आप करते क्या हो?' सोनल पूछ बैठी।

'इण्डियन आर्मी!' छोटा सा जबाव आया।

वाऊ यार... सोनल सोचने लगी पर मैसेज सेण्ड नहीं किया।

'आप क्या करती हैं?'

'एनलाइटेन द माइण्ड' मजाक में सोनल ने लिख दिया।

'डॉक्टर हैं आप?

'नहीं... एनलाइटेन कहा, क्योर नहीं, डॉक्टर नहीं, टीचर हूँ।' पता नहीं क्यों सोनल को भी बातों में मजा आ रहा था।

'अरे बाप रे एक टीचर...! पर मुझमें और आप में एक अंतर है।'

'क्या?'

'रूकिए जरा, अभी बताता हूँ।'

उसके बाद दो फोटो मैसेज में दिखें, एक में अरनव खड़ा बहुत से लोगों को कुछ समझा रहा है और दूसरे में उसके हाथ में गन है, पर दोनों मैसेज तुरन्त डिलीट हो गये।

'बस यही अंतर है मुझमें और आपमें, आप बच्चों को पढ़ाती हैं और हम कश्मीरियों को।'

मैं श्रीनगर में पोस्टेड हूँ।' अरनव ने लिखा।

अब सोनल सोच में पड़ गयी, एक आर्मी मैन, श्रीनगर से मुझे लगातार मैसेज क्यों भेज रहा है? कहीं ये कोई

आतंकवादी तो नहीं, 'हे भगवान मुझे बचाओ, कहाँ फंस गयी इसे मैसेज कर के।'

तभी दो वीडियो टिक टॉक वाले सामने आ गये। पल्लव के साथ बैठकर उसने अरनव के दोनों वीडियो देखे। कश्मीर की बर्फीली वादियों में फुल यूनिफॉर्म, चेहरा ढका हुआ और हाथ में गन, पीछे बैकग्राउण्ड में बजता म्यूजिक...

फिर वही हरकत .... मैसेज डिलीट।

अब सोनल को गुस्सा आने लगा। जब मैसेज डिलीट ही करना है तो ये शख्स भेज ही क्यों रहा है?

'आप मैसेज डिलीट क्यों कर देते हो?' सोनल ने गुस्से में लिखा।

'सिक्योरिटी रीजन!'

'ओके!' लिखने के साथ सोनल ने मोबाइल डाटा बन्द कर दिया। वो ज्यादा किसी बात में फंसना नहीं चाहती थी।

कभी–कभी जिन्दगी एक शख्स से कितनी खूबसूरत होती है, इसका अहसास उससे दूर होने पर ही होता है। आज जब रोहन पास नहीं तो उसे नींद भी नहीं आ रही। रात के एक बजे हैं, रोहन ने फोन तो किया था पर ज्यादा बात नहीं हो पायी। कोरोना के पेशेण्ट बढ़ते ही जा रहे हैं और डॉक्टर्स की परेशानियाँ भी। आज रोहन पर उसे गर्व हो रहा था कि वो पूरे मुस्तैदी से अपने काम में लगे हैं।

जब से वो शादी करके आयी है, रोहन ने पूरी जिम्मेदारियाँ उसे सौंप दी थी और अपने काम को पूजा बना लिया था। काम और परिवार के बीच में एक सामंजस्य बिठाया हुआ था रोहन ने। यही सोचते–सोचते कब नींद आ गयी, सोनल को पता ही नहीं चला।

दूसरा दिन

सुबह ग्यारह बजे

देर से उठने के कारण सोनल घर के काम में लगी थी। अचानक फोन पर घण्टी बजी। एक नया नम्बर अन्जाना सा।

'ये कौन है सुबह–सुबह!'

'हैलो!' सोनल की मीठी आवाज गूंजी।

'हैलो!' दूसरी ओर से भी एक छोटी सी बात।

'जी कौन?'

'लगता है आपने अभी मेरा नम्बर सेव नहीं किया।'

'कौन?'

'मैं, अरनव!'

'ओह, जी कहिए कैसे कॉल किया?' कल की बातों को याद करते हुए सोनल ने कहा।

'बस कुछ नहीं, सोचा आपसे बात की जाए।'

'पर अभी मैं व्यस्त हूँ, बाद में बात करते हैं।' सोनल ने बोला।

'ठीक है जब आप फ्री हों तब बात करते हैं, बाय अपना ख्याल रखियेगा।'

उसने फोन रख दिया।

कमाल लड़का है, सोनल ने सोचा, बातों से तो अच्छा, जैण्टलमेन टाइप लग रहा है। उसे दो बातें अच्छी लगीं... एक धीमी सी उसकी आवाज और उसका बाद वाला वाक्य, 'अपना ख्याल रखियेगा'। जाने क्या सोचकर सोनल ने नम्बर

सेव कर लिया। दिनभर से थक हार कर शाम को उसने मोबाइल उठाया ही था कि अरनव का कॉल आया।

'हैलो!'

'हाय, कैसी हो? उम्मीद है इस वक्त आप व्यस्त नहीं होंगी?

'नहीं तो!'

'आप हर बात का इतना छोटा जबाव क्यों देती हो।' अरनव बोला 'एक बात पूछूं?'

'हाँ पूछिए।'

'आपका नाम क्या है?'

'नाम का क्या करना है? वैसे भी शेक्सपियर ने कहा है– व्हाटस इन ए नेम!'

'पर मुझे जानना है।'

'फिर कभी बताऊंगी।'

'ओके, इंतजार रहेगा, चलिए अपना ख्याल रखिएगा... बाय!'

कुछ तो था अरनव की बातों में, सोनल उसके बारे में सोचने लगी। उसने अरनव की डीपी को जूम करके देखा। शक्ल बहुत ज्यादा समझ नहीं आ रही थी। रॉयल एनफील्ड के सामने जमीन पर स्टाइल से बैठा, सनग्लासेज, जीन्स–टीशर्ट और एक हाथ हल्का सा चेहरे के ऊपर।

'तो ये हैं जनाब' सोनल मुस्कुरा दी।

अरनव का मैसेज आया 'प्लीज अपना नाम बताइए ना!'

अब सोनल भी मस्ती के मूड में आ गयी थी।

'बतायेंगे, इतनी जल्दी क्या है।' उसने मैसेज सेण्ड किया।

'चलिए बन्दा इंतजार करेगा, क्या मैं आपकी खूबसूरत आवाज सुन सकता हूँ, आई मीन फोन कर सकता हूँ।'

'ओके!'

गजब का है दिन सोचो जरा............ रिंगटोन बजी, सोनल ने फोन उठाया।

'हैलो!'

'हाय, कैसे हो?, क्या कर रहे थे?

'कुछ खास नहीं!'

'एक बात बोलूं।' अरनव धीमी सी आवाज में बोला।

'हाँ!'

'आपकी आवाज बहुत खूबसूरत है।'

'सर, क्या आप जानते हैं मैं शादीशुदा हूँ और एक बच्चे की माँ भी।'

'हाँ मुझे पता है।'

'कैसे?' अब चौंकने की बारी सोनल की थी।

'आपकी डीपी देखकर।'

'ओह!'

'वैसे आपका बेटा आपसे ज्यादा स्मार्ट लगता है।'

'हाँ वो तो है।'

'बुरा ना मानो तो एक बात पूछूं।'

'क्या!'

‘अपना नाम बताइए ना!’

‘मेरा नाम!’

‘हाँ नाम!’

‘मेरा नाम... मेरा नाम नंदिनी है।’ पीछा सा छुड़ाते हुए सोनल ने कहा।

‘क्या बोला?’ अरनव ने पूछा।

‘नंदिनी!’

‘क्या?’

‘नंदिनी!’

‘ये सोनल सिंह नंदिनी कब से हो गयी!’

गजब लड़का है ये, सोनल सोच में पड़ गयी।

‘सोनल जी, ट्रू कॉलर आपका नाम नंदिनी नही, सोनल दिखा रहा है।’

‘जी वो मेरा निक नेम नंदिनी है ना!’

‘इतना भी मत बनाइए मैडम, निक नेम सोनल का नंदिनी?’

‘मेरा निक नेम ‘मान’ है, छोटे और स्वीट नेम को ‘निक नेम’ कहते हैं, लगता है आपको अभी तक मुझ पर भरोसा नहीं हो रहा है ना। आर्मी से हूँ, धोखा फितरत में नहीं है और हाँ, ना जाने क्यों आपका नम्बर ही लगा कल, रैनडम डायल ही किया था पर आप बातों से मुझे अच्छी लगीं। हजारों में से कोई एक मन को भाता है और आप मेरे मन को भा गयी हो, मुझसे दोस्ती करोगी?’

‘हाँ’ सोनल खोती हुयी सी बोली।

'मम्मा जल्दी आओ' पल्लव की आवाज आयी।

'मैं फोन रखती हूँ, बेटा बुला रहा है।'

'ओके बाय, अपना ख्याल रखियेगा।'

सोनल मुस्कुरा दी।

रात 1 बजे

नींद सोनल की आँखों से कोसों दूर थी। आज न जाने क्यों उसे अपनी दादी की याद आ रही थी। सोनल का बचपन आम होकर भी बहुत खास था। मम्मी–पापा और दादी, यही छोटी लेकिन बहुत बेहतरीन थी उसकी दुनिया। पापा डॉक्टर थे, उत्तर प्रदेश के शहर आगरा में और मम्मी हाउसवाइफ थी। दादी सरकारी नौकरी से रिटायर्ड टीचर थीं। सोनल की जिन्दगी में मम्मी–पापा से ज्यादा दादी के प्रभावशाली व्यक्तित्व का असर था। दादी उसे कहानियाँ सुनाया करती थीं वो भी ऐसे बहादुर, देशभक्त, ईमानदार लोगों की कि ईमानदारी, देशभक्ति, अपनापन, नैतिकता उसके व्यक्तित्व का अभिन्न अंग बन गयी। उसे अच्छे से याद है वो रात जब दादी ने उसे एक राजकुमार की कहानी सुनायी, जो बहादुर था और जो सफेद घोड़े पर सवार, हाथ में तलवार लिए एक सुन्दर सी राजकुमारी को बचाने आता है और अंत में दोनों शादी कर लेते हैं। उस कहानी को सुनकर वो दादी से बहुत लड़ी थी कि क्यों सारे राजकुमार सुन्दर राजकुमारियों को ही प्यार करते हैं? क्या उसके जैसी सांवली साधारण लड़की किसी राजकुमार का प्यार नहीं पा सकती है?

दादी ने उसे बहुत समझाया था कि सावंला रंग ही तो सलोना होता है और वो भी किसी राजकुमारी से कम नहीं। पर उसे पता था कि उसके आस–पास के लोग उसके बारे में क्या कहते हैं?

'दिखती तो बहुत अच्छी है पर सावंली है।'

'बोलती बहुत मीठा है पर इसका रंग सारा गुड़–गोबर कर देता है'

'माँ–बाप तो बड़े गोरे हैं इसके, ना जाने ये किसका रंग पायी है?'

कितनी बार सोनल खुद को आइने में देखती और सोचती कि वो इतनी सुन्दर तो है क्या सिर्फ रंग ही सुन्दरता का मानक है। तब दादी उसे अहसास दिलाती उन खूबियों का, जो उसके अंदर कूट–कूट कर भरी थी। बड़ी होती सोनल कब दादी की कहानियों के बीच अठारह की हो गयी, पता ही नहीं चला। बारहवीं की परीक्षा प्रथम श्रेणी में पास की। पापा चाहते थे कि वो साइंस ले... पर सोनल तो दादी की बिटिया थी ना, उसने साहित्य चुना।

बी.ए. के दूसरे वर्ष में अचानक कुछ हुआ जो हर एक लड़की के साथ होता है। सोनल को प्यार हो गया था एक सोल्जर से। वो उसकी दीवानी हो गयी और दीवानगी भी इस हद की कि कुछ और, कोई और, कहीं और उसे अच्छा ही नहीं लगता था। उसके सपनों का राजकुमार हर वक्त उसके साथ था। वो सोल्जर था, बहादुर था, प्रैक्टिकल था... हाँ थोडा रयूड था, पर ये रयूड्नैस भी उस पर फबती थी और वो था 'आर्म्स एण्ड द मैन' बुक का हीरो ब्लंटशली।

उसकी दोस्त प्रिया उसे पागल कहती कि प्यार तो देखकर, जानकर ही किया जा सकता है पर सोनल अहसासों में जीने वाली थी और प्यार के लिए सिर्फ अहसास चाहिए, फीलिंग्स और बहुत सारी खुमारी चाहिए। उसे तो रैना से भी चिढ़ लगती कि ब्लंटशली उसके हिस्से में क्यों आया? ब्लंटशली सिर्फ उसका है। प्रिया जब उसकी दीवानगी पर हँसती तो वो बस एक शे'र सुना देती

'ये तो इश्क की इंतहां हो गयी

तुझे देखा भी नहीं और मोहब्बत बेहिसाब हो गयी...!'

तो क्या अरनव ही ब्लंटशली... नहीं–नहीं! उसने विचारों को झटक दिया और फिर अपने ख्यालों में खो गयी।

बी.ए. का तीसरा साल पूरा नहीं हो पाया कि दादी को हार्ट अटैक पड़ा। आखिरी इच्छा के तौर पर दादी ने उसे दुल्हन के रूप में देखना चाहा। आनन–फानन में लड़के देखे जाने लगे। तभी रोहन के पिता, जो उसके पापा के दोस्त थे, उन्होंने रोहन के लिए सोनल का हाथ मांग लिया। अंधा क्या चाहे, दो आँखें। पापा ने डॉक्टर रोहन को उसके दुल्हे के रूप में स्वीकार कर लिया।

रोहन अगले दिन मिलने आया, वो तो जैसे उसका दीवाना हो गया। सोनल की मुस्कुराहट थी ही कमाल। उसने रोहन का दिल जीत लिया। दोनों शादी के बंधन में बंध गये। शादी के तीन साल बाद पल्लव का जन्म हुआ और उनकी दुनिया पूरी हुयी। इतने सालों में वो रोहन से कभी अलग नहीं रही पर आज नींद न आने की वजह रोहन नहीं था, दिल में कुछ बेचैनी थी। तीन शब्द जेहन में बार–बार गूंज रहे थे–

राजकुमार.................. ब्लंटशली .... अरनव

नहीं–नहीं ये मैं क्या सोचने लगी? सिर्फ आर्मी में होने से कोई ब्लंटशली नहीं हो सकता और सिर्फ दो दिन की बात में कोई कैसे अटरेक्ट कर सकता है पर सच तो यही था। शाम से अब तक वो कई बार अरनव की डी.पी जूम करके देख चुकी है। तो क्या ये प्यार की आहट थी?

'नहीं, मैं ये कभी होने नहीं दूंगी, ये कभी नहीं हो सकता।' सोचते–सोचते सोनल नींद की आगोश में चली गयी।

तीसरा दिन

सुबह आठ बजे, सोनल ने मोबाइल उठा कर टाइम देखना चाहा, आजकल वो देर से उठने लगी थी। स्क्रीन पर अरनव का मैसेज–

'गुड मार्निंग.. क्या हाल है मेरे दोस्त के!' स्माइली के साथ मैसेज।

सोनल मुस्कुरा उठी पर कल रात की बातें याद करके उसकी मुस्कुराहट पर ब्रेक लग गया। अगर उसके मन में अरनव के लिए फीलिंग्स आ रही है तो वह उसे शुरुआत में ही खत्म कर देगी। उसे पता था कि पिछले दो दिनों की तरह ग्यारह बजे अरनव का फोन आयेगा और हुआ भी ऐसा ही।

गजब का है दिन सोचो जरा... रिंगटोन बजी, उसने फोन नहीं उठाया। उसकी बेचैनी बढ़ती जा रही थी। सोनल ने मन को दूसरी दिशा में मोड़ा। मोबाइल पर क्वोरा पढ़ने लगी पर कहते हैं ना कि जो विचार आपके मन में चल रहे हों, उसी से मिलते–जुलते ख्यालात आस–पास नजर आने लगते हैं। यही हुआ भी, पहला ही सवाल क्वोरा पर साइकलोजिकल फैक्ट थे, जिसमें लिखा था कि प्यार होने में सिर्फ 4 मिनट लगते हैं। दूसरा फैक्ट– अगर आप किसी के बारे में बहुत ज्यादा सोच रहे हैं तो वह भी आपके बारे में सोच रहा होगा।

'तो क्या अरनव भी उसके ही बारे में सोच रहा होगा,' ये अहसास उसे गुदगुदा गया।

क्वोरा थोड़ी देर और पढ़ती रही, उधर मन का चोर व्हाट्सअप पर नजर रखे था। अरनव का कोई मैसेज तो नहीं। ये अहसास सोनल के लिए नए थे। उसने कभी भी किसी लड़के से बात नहीं की थी। गर्ल्स स्कूल, गर्ल्स

कॉलेज, घर से स्कूल, स्कूल से घर, दोस्त के नाम पर दादी और प्रिया। कभी किसी लड़के ने उसके मन को छुआ नहीं था पर ये अन्जाना सा अहसास उसे अपने रंग में रंग रहा था। अरनव की आवाज उसे अच्छी लगने लगी थी। कुछ सोचते हुए सोनल ने व्हाट्सअप स्टे्टस सैट किया वो भी अरिजीत का गाना.............

'तेरे ही बारे में है अब हर जिक्र मेरा

हुआ है कैसा असर ये तेरा..''

पल्लव की डिमाण्ड थी कि पिज्जा खाना है। लॉकडाउन में पिज्जा नहीं मिलेगा, ये सोचकर घर पर तैयारी शुरू कर दी। घर का काम, पिज्जा की तैयारी में ही तीन घण्टे निकल गये।

'वाऊ मम्मी, बहुत अच्छा बना है, मम्मा, पापा कब आयेंगे?' खाते–खाते पल्लव ने पूछा।

'बेटा, अभी नहीं आयेंगे, आपको पता है ना सभी को डॉक्टर्स की कितनी जरूरत है।'

'हाँ मम्मा, कल मेरा दोस्त अश्विन भी फोन पर कह रहा था कि डॉक्टर्स और पुलिस ही तो सबसे बड़े हीरो हैं इस कोरोना में।'

सोनल हँस दी, 'कितनी बड़ी–बड़ी बातें करने लगा है।'

'मम्मा! क्या मैं थोड़ी देर लैपटॉप पर गेम खेल सकता हूँ, पिज्जा खत्म करते हुए पल्लव बोला 'प्लीज...प्लीज... प्लीज मेरी प्यारी माँ।' दोनों हाथ उसके गले में डालकर लगभग झूलता हुआ बोला।

'ओके....बदमाश!'

'थैक्यू मम्मा, यू आर द बेस्ट मम्मा ऑफ दिस वर्ल्ड।'

'अच्छा तो मक्खन लगा रहा है माँ को!'

'नहीं माँ, आप सबसे अच्छी हो।'

'ठीक है.... ठीक है पर सिर्फ 45 मिनट्स.... ओके! ।

'ओके माँ!'

पल्लव लैपटॉप लेकर ड्रांइग रूम में बैठ गया। सोनल बर्तन समेट कर किचन में आ गयी। उसने सारा काम जल्दी खत्म किया और मोबाइल लेकर बेडरूम में चली गयी। स्टे्टस चैक किया तो पच्चीस लोगों ने उसका स्टे्टस देखा था पर अभी तक अरनव ने नहीं। दोपहर के तीन बज चुके थे। थोड़ा आराम करने के इरादे से लेटी ही थी कि अरनव का मैसेज स्क्रीन पर दिखा।

'थैंक्यू!'

'थैंक्यू फॉर व्हाट?' ना चाहते हुए भी उसने मैसेज टाइप किया। दिल और दिमाग की जंग चालू थी।

'आप मुझे इतना मिस जो कर रही हो, इसीलिए!'

'आपसे किसने कहा!' ये लड़का दिल की आवाज सुन लेता है क्या? वह सोचने लगी।

'आपका स्टे्टस बता रहा है।'

'ओह वो... वो सिर्फ एक स्टे्टस है, मेरा फेवरेट सॉग और कुछ नही।'

'मैडम, स्टेट्स एक छुपा हुआ मैसेज होता है किसी खास के लिए, और आपका वो खास कहीं मैं तो नहीं।'

'सर, कहीं आप भूल तो नहीं रहे कि मैं शादीशुदा हूँ।'

'बिल्कुल नहीं.... पर यार तुम बहुत खास हो। तुमसे बात करने को दिल करने लगा है।'

अरनव आप से तुम पर आ गया था और उसके ये मैसेज सोनल के दिल को धड़का रहे थे।

'एक बात पूछूं!' अरनव का छोटा सा मैसेज।

'हाँ!'

'क्या मैं तुम्हें कॉल कर सकता हूँ।'

'हाँ!' सोनल का दिल जोर से धड़क रहा था।

गजब का है दिन सोचो जरा... फोन की रिंगटोन के साथ सोनल का दिल और जोर से धड़कने लगा।

'हैलो!'

'हैलो, कैसी हो?

'मैं ठीक हूँ, आप कैसे हो?'

'मैं भी अच्छा हूँ,..... नाराज हो?' अरनव ने पूछा।

'नहीं।'

'क्या मुझसे बात करना पसंद नहीं?'

'नहीं, ऐसी कोई बात नहीं।'

'आपने सुबह मेरा कॉल अटेण्ड नहीं किया!'

'बिजी थी!'

'यार तुम हमेशा इतना छोटा सा जबाव क्यों देती हो? सोच-सोचकर बोलती हो?'

'अच्छा अरनव, एक बात पूछूं?'

'जी जनाब पूछिये।' अरनव की बातों में हमेशा एक अदब रहता है।

'आपका असली नाम क्या है?'

'अरनव राणा, और ये शक क्यों मैडम, अरनव नाम है, इंडियन आर्मी का बैज सीने पर लगा है, इन्दौर से हूँ। अब अगर विश्वास नहीं हो रहा है तो रूको, आधार कार्ड भेजता हूँ।'

'नहीं, मैं बस यूं ही पूछ रही थी।'

'चलो तुम्हारी तसल्ली के लिए कसम खाता हूँ। मोदीजी की कसम, मैं सब कुछ सच कह रहा हूँ। तुम्हें मोदीजी पर तो भरोसा है ना।'

सोनल हँस पड़ी।

'यार तुम्हारी हँसी भी बहुत खूबसूरत है तुम्हारी आवाज की तरह।'

'अरनव आप कुछ भूल रहे हैं...?

'याद है मुझे, तुम शादीशुदा हो, एक बच्चे की माँ हो... और कितनी बार ये याद दिलाओगी।' अरनव ने बीच में ही उसे टोका।

सोनल थोड़ा सा रिलेक्सड फील कर रही थी। उसने पूछा–

'आर्मी में क्या पोस्ट है आपकी।'

'सॉरी मैडम, मैं ये कुछ भी नहीं बता सकता, सिक्यूरिटी रीजन, पर जब मिलोगी तो सब बताऊंगा।'

'नो प्रॉब्लम, पर हम नहीं मिलेंगे।'

'क्यों?'

'बस यूं ही।' सोनल टालते हुए बोली।

'ये कोई जबाव नहीं हुआ, कुछ तो कारण होगा, वैसे तुम रहती कहाँ हो?'

'आप ही के स्टेट में– मध्य प्रदेश'

'अरे यार शहर पूछा।'

'भोपाल।'

'गुड! जब मैं इन्दौर आंऊगा तो तुमसे मिलने भोपाल आऊंगा, मिलोगी ना?'

'नहीं।'

'क्यों?'

'नहीं पता!'

'क्यों नहीं पता, जानती हो हम आर्मी वाले बहुत जिद्दी होते हैं और अपने दोस्तों पर पूरा हक जमाते हैं, मिलूंगा तो मैं जरूर पर...।'

'पर ...?'

'सिर्फ तुम्हारी इजाजत से।' अदब अरनव की आवाज में ही नहीं बल्कि उसकी बातों में भी था, 'चलो यार फोन रखता हूँ। जिम का टाइम हो गया और हाँ अपना ख्याल रखना, बाय!'

'बाय!'

दूसरी तरफ से फोन कट चुका था। अरनव की बातों का जादू रफ्तार पकड़ने लगा था।

पांचवा दिन

कल अरनव का ना कोई मैसेज आया और ना फोन। हालांकि वो ऑनलाइन दिखा पर उसने कोई मैसेज नहीं किया।

डीपी बदल चुकी थी। दस–पंद्रह फौजी और उनके बीच बैठे रक्षामंत्री श्री राजनाथ सिंह। उनमें से अरनव कौन सा है, सोनल सोचने लगी पर कोई फायदा नहीं। यूनीफॉर्म में सब एक जैसे लग रहे थे और उसने अरनव को देखा भी तो नहीं है। सोनल ने अपनी डीपी भी बदल दी। कोरोना से पहले एक पार्टी में साड़ी में फोटो खिंचायी थी। खुला पल्लू, खुले बाल, चेहरे पर हल्की मुस्कुराहट, आंखों में काजल... बस इतना ही काफी था किसी को भी सोनल का दीवाना बनाने के लिए। दिन यूं ही गुजर गया। वो अरनव को मिस कर रही थी। शायद प्यार अपना रंग बिखेरने लगा था लेकिन सोनल उसे स्वीकार नहीं करना चाहती थी।

सातवां दिन

तीन दिन हो चुके हैं अरनव से बात हुए। कहीं वो नाराज तो नहीं। आज एक शे'र सोनल की स्थिति बयां कर रहा था–

'इंतज़ार ज़हर, नज़र अंदाज़ी कहर

इश्क को यूं ही कातिल नहीं कहते'

इंतज़ार की हद होने लगी। शाम तक जब सोनल से रहा नहीं गया तो उसने कॉल लगाया पर अरनव ने फोन नहीं उठाया। सोनल की आँखों में आंसू थे तो क्या वो सचमुच अरनव की तरफ आकर्षित हुयी जा रही थी?

एक मिनट बाद ही अरनव का कॉल आया।

'हैलो!' सधी हुयी आवाज में सोनल ने कहा।

'तुम्हारी तबियत तो ठीक है ना यार' अरनव ने बिना 'हैलो हाय' के सीधा पूछ लिया।

'हाँ मैं ठीक हूँ।'

'जी नहीं मैडम, आपकी आवाज बता रही है या तो आप बीमार हैं या रो रही हो, बताओ ना, क्या हुआ है? तुम्हें मेरी कसम।'

'कुछ नहीं।'

'चलिए आप पर यकीन कर लिया, सॉरी यार। तीन दिन से फोन नहीं कर पाया। यहाँ श्रीनगर में कुछ माहौल बिगड़ गया था। दिन–रात ड्यूटी रही तो बस...... चलो ये छोड़ो और तुमने क्या किया इन तीन दिन, मुझे याद करने के अलावा', शरारत थी उसकी बातों में।

सोनल का मूड अब अच्छा हो चुका था, मुस्कुरा दी। काश ये मुस्कुराहट अरनव देख पाता तो समझ जाता कि इश्क फिजाओं में है।

'चलो यार तुम वो कुछ बोलोगी नहीं, मैं ही एक बात बोलूं।'

'हाँ!'

'मुझे पता है बहुत मार पड़ेगी तुमसे।'

'क्यों!'

'मुझे पता है पड़ेगी जरूर, पर सच में बोलूं।'

'हाँ!'

'तुम ना साड़ी में बहुत हॉट लग रही हो, तुम्हारा फिगर गजब है, तुम्हारी मुस्कुराहट दिल को घायल कर रही है और तुम्हारी सूरत तो जैसे बन्दे की जान ही ले लेगी। सोनल खामोशी से सुनते हुए शरमा गयी

'सॉरी यार डीपी देखी तो तारीफ किए बिना रह नहीं पाया, इतना परफेक्ट फिगर है तुम्हारा, सर से पाँव तक कमाल हो तुम .... कुछ बोलो ना!'

'क्या बोलूं!'

'अरे बन्दा तारीफ किये जा रहा है और तुम हो कि खामोश खड़ी हो या बैठी हो... पता नहीं क्या कर रही हो?'

सोनल उसकी बातों पर फिदा होती जा रही थी। वो बोलता जा रहा था और सोनल सिर्फ उसे सुनना चाहती थी।

'तुम जानती हो मैंने खुद भी बहुत मेहनत की है बॉडी बनाने में। मुझे फिटनेस फ्रीक कह सकती हो, रूको... मैं तुम्हें

अपनी पिक सेण्ड करता हूँ और हाँ बताना जरूर कैसी लगी? फोटो देखकर तुरन्त फोन करना है, करोगी ना?'

'हाँ!'

'ओके' बोलते हुए अरनव ने फोन काट दिया।

उसने एक साथ चार फोटो भेजे पर किसी में भी चेहरा नहीं दिखा। फोटो सिक्स पैक एब्स के, वेट लिफ्टिंग करते हुए थे।

'यार क्या डैशिंग है, किलर बॉडी है,' सोनल ने मन में सोचा।

'गुड, देश सुरक्षित हाथों में है,' उसने मैसेज भेजा।

'थैंक्यू!'

दो नीली लाइनें और अरनव का फोन खुद ही आ गया।

'कैसी लगी पिक्स!'

'अच्छी है, क्या आर्मी में सभी लोग इतना फिट रहते हैं?'

'नहीं डियर, ये बन्दे का जुनून है' अरनव की बातों में अपनापन बढ़ता जा रहा था।

'एक बात पूछूं,' अरनव ने धीरे से कहा।

'हाँ!'

'तुम रो क्यों रही थी? क्या बॉस से, आइ मीन तुम्हारे हसबैण्ड से झगडा हुआ है क्या?'

'नहीं।'

'तो फिर क्या हुआ, बताओ ना।'

'कुछ नहीं।'

'प्लीज!'

'सच में कुछ नही।'

'यार प्लीज , बोलो ना!'

'मैं गीता पर हाथ रखकर कसम खाती हूँ कि मैं जो कह रही हूँ सच है और, सच के सिवा कुछ नहीं... कोई कारण नहीं है मेरे रोने का,' सोनल ने मजाक में कहा।

'तो मैं भी भोलेनाथ की कसम खाता हूँ जब तक तुम मुझे कारण नहीं बताओगी, मैं तुम्हें कॉल नहीं करूंगा।'

फोन कट चुका था।

हाथ में मोबाइल लिए सोनल खड़ी की खड़ी रह गयी। क्या कहे उससे 'तुमसे प्यार होने लगा है!'

ग्यारवां दिन

ग्यारह बजते ही अरनव का फोन आया तो सोनल खिल उठी। आज तीन दिन बाद वो फोन कर रहा था।

'हैलो!' सोनल ने बहुत प्यार से बोला।

'हाय, क्या बात है आज तो तुम्हारी 'हैलो' भी खिलखिला रही है।'

'कुछ खास नहीं।' अब सोनल कैसे बताये कि उसकी खुशी की वजह अरनव खुद है, जो अपनी कसम तोड़कर उससे बात कर रहा है।

'कहाँ ख्यालों में खो गई तुम?'

'हाँ.. कहीं तो नहीं, आप बताओ कैसे हो?'

'मैं अच्छे से भी ज्यादा अच्छा, आज बहुत खुश हूँ यार।'

'क्यों, कोई कश्मीरी लड़की गर्लफ्रेण्ड बन गयी क्या,' सोनल ने छेड़ा।

अरनव हँसते हुए बोला 'नहीं, उनसे हम बहुत दूर रहते हैं, जब हमारे एम.पी. में ही इतनी खूबसूरती है तो हम बाहर क्यों भटकें?'

सोनल का दांव उल्टा पड़ गया और उसका मतलब समझ कर शरमा गयी।

'खुशी की वजह कुछ और ही है,' अरनव बोला।

'क्या?'

'मुझे बीस दिन की छुट्‌टी मिल गयी है। अगस्त में मैं इण्दौर जा रहा हूँ। मम्मा, डैडी बहुत मिस कर रहे हैं।'

'सुनो...'

'हाँ!' सोनल ने कहा।

'एक बात बोलूं!'

'हाँ!'

'मुझसे मिलोगी?'

खामोशी बिखर गयी। सोनल कुछ भी नहीं बोल पायी।

'नन्दिनी!' अरनव उसे सोनल की जगह नन्दिनी बोल पड़ा था। ये तो वही नाम था जो उसने पहले अरनव को बताया था। आज उसे अपना नाम नन्दिनी भी अच्छा लग रहा था।

'हाँ!'

'सुन रही हो ना!'

'हाँ!'

'बोलो, मिलोगी? मैं दो दिन के लिए भोपाल आ सकता हूँ। मम्मा की एक फ्रेण्ड हैं वहाँ।

'मैं नहीं मिल पाऊंगी।'

'लेकिन क्यों?'

'बस यूं ही।'

'प्लीज यार। सुनो, मैं तुम्हें देखना चाहता हूँ बहुत करीब से। तुम सामने बैठी हो और मैं बस तुम्हें देखता रहूं... बस देखता रहूँ, जब तक कि कोई पीछे से आकर मुझे झकझोर न दे और तभी मैं होश में आऊं।'

'होश तुम खोओगे या मैं ही मदहोश न हो जाऊं,' सोनल ने सोचा। अब वो प्यार में गिरफ्तार हो चुकी थी।

'क्या हम कुछ और बात कर सकते हैं?' सोनल ने पूछा।

'ओके!' अरनव का मूड खराब हो चुका था।

'चलिए, आज आप अपने बारे में कुछ बताइये... कौन–कौन हैं आपके परिवार में?'

'मेरा परिवार!' वो हँस पड़ा, 'मेरी शादी नहीं हुयी है।'

'मेरा मतलब है मम्मी–पापा।'

'ओके... इण्दौर में मम्मा–डैडी है, कोई भाई–बहन नहीं है। एक जिगरी यार है और कोई नहीं।'

अब उसकी आवाज नॉर्मल लगी।

'नन्दिनी!'

'हाँ!'

'एक बात बोलना चाहता हूँ, बोलूं?'

'हाँ!'

'मैं नहीं जानता तुम मेरे बारे में क्या सोचती हो, मैं कोई आवारा लडका नहीं हूँ। बस तुम मुझे भा गयी हो, तुम्हारी आवाज मुझे बहुत अच्छी लगती है, तुम बोलती बहुत मीठा हो और तुम्हारे अल्फाज़.... माशाअल्लाह, मुझे गलत मत समझना, बस मिलना ही तो चाहा ना। हम रेस्टोरेण्ट में मिलेंगे, अकेले में नहीं और तुम्हारी इजाजत के बगैर तुम्हें नज़र उठाकर भी नहीं देखूंगा,प्लीज मिल लो ना!'

'अरनव मेरी बात समझिए... मैं नहीं मिल सकती, मैं शादीशुदा हूँ और...'

'और पता है तुम्हारा एक बेटा भी है लेकिन उससे क्या?'

'प्लीज मैं नहीं मिल सकती।'

'तो ठीक है फिर मुझसे बात भी मत करना,' गुस्से में अरनव ने फोन काट दिया।

सोनल समझ नहीं पा रही थी कि वो किस राह निकल पडी है। अरनव उसके दिल में घर कर चुका था। आज उसे पहली बार पता चला कि दिल में दर्द क्या होता है? सच में इतना दर्द तो सिर्फ प्यार की बदौलत ही मिल सकता है। उसने कहीं पढ़ा था कि प्यार का नशा कोकीन के नशे की तरह होता है और वो नशा अब उसकी रगों में उतर चुका है। बहुत देर तक अरनव की डीपी को देखती रही जो उसने कल ही बदली थी। ढलते हुए सूरज के सामने अपनी गन पकड़े यूनिफॉर्म में था लेकिन वो तस्वीर परछाई जैसी काली थी, सिर्फ सूरज ही लाल दिख रहा था। डीपी देखते–देखते वो रो पड़ी। दिल का दर्द बढ़ता जा रहा था और आंसुओं की रफ्तार भी।

बारहवां दिन

आज सोनल की आँखो में नींद नहीं थी। व्हाट्सअप चेक किया, शायद अरनव ने कोई मैसेज किया हो पर कोई मैसेज नहीं था। अरनव का लास्ट सीन चार पैन्तीस पर दिखा और अभी पाँच बजे थे। इतने दिनों की बातों में उसे अरनव का रूटीन पता चल गया था। उसे मालूम था, वो अपना मोबाइल पाँच बजे के बाद फिर देखता है। सिर्फ सोच ही रही थी कि अरनव ऑनलाइन दिखा।

'गुड मार्निंग!' का बहुत खूबसूरत मैसेज, जिसे उसने कल रात ही सिलेक्ट करके रख लिया था, सेण्ड किया।

तुरन्त जबाव आया–

'गुड मार्निंग!' और गुस्से वाली स्माइली।

'रूठा है तो मना लेंगे'

बिगड़ा है तो बना लेंगे

फिर भी ना माना तो

देके खिलौना बहला लेंगे।

सोनल ने मस्ती में मैसेज किया और इस बात की खुशी भी थी कि अरनव उसके मैसेज का जबाव भी दे रहा है।

'मेरा खिलौना तो तुम्हारा विश्वास है, बताओ दोगी, विश्वास करोगी मुझ पर?'

'विश्वास करती तो हूँ ना!'

'तो जो कहूंगा वो करोगी!'

क्या इरादा है जनाब का, वो घबरा गयी 'पहले बताइये, फिर देखेंगे कि करना है या नहीं!'

'फिर शक? यार तुम ना थप्पड़ खाओगी!'

सोनल बहुत जोर से हँस पड़ी।

'अच्छा बोलिए क्या करना है मुझे?'

'अभी नहीं बताऊंगा, ग्यारह बजे कॉल करना मुझे, और हाँ याद रखना अगर कॉल नहीं आया तो सजा बहुत बड़ी होगी तुम्हारी।'

'कोर्ट मार्शल तो नहीं कर दोगे!'

'नहीं इतनी बड़ी सजा अपनी जान को कोई कैसे दे सकता है?'

मैसेज तुरन्त डिलीट हो गया पर वो पढ़ चुकी थी। क्या अरनव के दिल में भी उसके लिए फीलिंग्स आ रही है, सोचकर ही वह मुस्कुरा दी।

'नहीं जनाब, वो आपको तभी पता चलेगा, फोन जरूर करना' अरनव ने दूसरा मैसेज भेजा।........

सवा ग्यारह बजे अरनव का खुद ही फोन आ गया।

'हैलो!'

'मैने कहा था ना कि अगर फोन नहीं आया तो सजा मिलेगी।'

'सॉरी अरनव, पर यहाँ बहुत प्रॉब्लम हो गयी है।'

'क्या हुआ? सब ठीक तो है ना!'

'यहाँ मेरी बिल्डिंग के ग्राउण्ड फ्लोर पर कोरोना पेशेन्ट मिल गये हैं तो बिल्डिंग और एरिये को सील कर दिया गया है।

'ओह! तुम्हारे हसबैण्ड तो साथ हैं ना?

'नहीं, वो डॉक्टर हैं तो हॉस्पीटल के पास रूम लेकर रह रहे है'

'ओके... तुम प्लीज चिन्ता मत करो, वी वैरी केयरफुल। गरम पानी पीती रहो, स्टीम रेग्युलर लो, मैं कॉल करता रहूंगा। और हाँ मेरे लिए अपना ध्यान रखना, बहुत खास हो तुम।'

'हूं!'

'चलो वाय। लंच टाइम में फोन करूंगा'

ठीक ढाई बजे अरनव का कॉल आया। उसने तुरन्त फोन उठाया

'हैलो!'

'हाय, कैसी हो?'

'मैं ठीक नहीं हूँ, मुझे बुखार फील हो रहा है।'

'तुमने टेम्परेचर लिया?'

'हाँ!'

'कितना है?'

'99'

'तो घबराने की कोई बात नहीं है।'

'पर मुझे डर लग रहा है,' कहकर सोनल रोने लगी।

'सुनो नन्दू, मेरी बात ध्यान से सुनो। बहुत सी बातें हम पर साइकलोजिकली भी इफेक्ट डालती हैं, तुमने देखा कि तुम्हारी ही बिल्डिंग में पेशेन्ट मिले हैं इसीलिए तुम डर कर बुखार जैसा महसूस कर रही हो पर आइ एम श्योर तुम्हें कोरोना बिल्कुल नहीं है और दूसरी बात एक बहादुर कमांडो की दोस्त हो तुम, डर तो तुम्हारे आस–पास भी नहीं भटकना चाहिए। मैं यहाँ रोज लोगों को लड़ते–मरते, बॉम्ब से फटते देखता हूँ, जिन्दगी बहुत क्षणिक है जिसे बिना डर के जी

भर कर जीना चाहिए। आज तुमसे बात कर रहा हूँ, कल शायद मैं भी किसी आतंकवादी की गोली का शिकार हो जाऊं पर फिर भी आज का दिन मैं जी भर के जी लेना चाहता हूँ। लाइफ बहुत व्यूटीफुल है नन्दू, बिलकुल तुम्हारी मुस्कुराहट की तरह।

इस बात पर सोनल मुस्कुरा उठी।

'देखा, मैंने तुम्हें मुस्कुराने पर मजबूर कर दिया ना!'

सोनल ने चौंक कर मोबाइल चेक किया कि वीडियो कॉल है क्या?

'मोबाइल चेक मत कीजिए मैडम, ये नार्मल वॉयस कॉल ही है।'

'कमाल हो आप!' सोनल बोल उठी।

'जी हाँ बिल्कुल, अच्छा अब आप सो जाइये, रात भर जागना है ना आपको।'

'मुझे जागना है! नहीं तो,......... क्यों?' एक साथ कई सवाल पूछ डाले सोनल ने।

'मैं आज रात कॉल करूंगा दस बजे के बाद, कर सकता हूँ ना? तुम्हारे हाल–चाल पूछने के लिए।'

'हाँ ठीक है।'

'शुक्रिया, मोगेम्बो खुश हुआ!' हँसते हुए बोला अरनव।

'खुश तो मैं फील कर रही हूँ, थैंक्यू!'

'एक बात पूछूं!' अरनव ने कहा।

'हाँ!'

'तुम्हें डर नहीं लगेगा?'

'क्यों?'

'आज रात... अकेले ... मेरे साथ!' अरनव शरारत से बोला।

'नहीं!'

'क्या बात है, आजकल बहुत डेयरिंग होती जा रही हो!'

'आपसे क्या डरना!'

'ओह हो! सोनाक्षी सिन्हा जी... थप्पड़ से डर नहीं लगता, प्यार से डर लगता है, क्यों है ना?

'जी जनाब!'

'तुम्हारी तो भाषा भी मेरे जैसी होती जा रही है, मेरा रंग चढ़ रहा है मैडम पर, क्यों ठीक कहा ना ?

'मैं फोन रखती हूँ।'

'बिल्कुल नहीं।'

'क्यों'

'मैंने कॉल किया है, मैं बताऊंगा फोन कब कट करना है और मेरे सवाल का जबाव दिये बिना फोन नहीं रखना है।'

'पूछिए, क्या पूछना चाहते हैं आप?'

'तुम पर मेरा रंग चढ़ रहा है ना?' शरारत से उसने पूछा।

सोनल खामोश रही, कैसे बताती कि ये रंग कितना पक्का हो चुका है।

'बोलो ना!' अरनव की जिद।

'मुझे नहीं पता!' सोनल ने कहा।

'मैं आज तुम्हें फोन रखने नहीं दूंगा बोलो... नन्दू प्लीज बताओ ना!'

'हाँ!' सोनल उसकी जिद के आगे झुक गयी।

'अब ये रंग गहरा होने दो!' हँसते हुए अरनव बोला– चलो बाय, रात में बात करते हैं और हाँ अपना ख्याल रखना।

सोनल की आँखें नम हो गयीं, रोम–रोम में अरनव समा चुका था। उसकी बातें, उसकी शरारतें, उसकी हँसी– हर बात से सोनल को प्यार हो गया था।

आज वो प्यार के सातवें आसमान पर पहुंच गयी थी। ना जाने क्यों पर ये अहसास उसकी आँखों से बह चला। सोनल बहुत इमोशनल थी। इतना प्यार उस पर लुटाने वाला एक ऐसा अजनबी था जिसका चेहरा तक उसने नहीं देखा था। प्रिया की एक बात उसे याद आ रही थी कि क्या किसी को बिना देखे प्यार हो सकता है?

'हाँ हो सकता है, मुझे हुआ है, बेइंतहां हुआ है, वो अजनबी मेरे दिल में गहराई तक समा गया है। मैं चाह कर भी उसे वहाँ से नहीं निकाल पा रही हूँ, प्रिया, मुझे इश्क हुआ है। काश तू पास होती तो तुझे बताती कि अरनव ने मेरी रूह को छू लिया है।'

सोनल आंसुओं से भींग चुकी थी और ये आंसू उसके प्यार की गहराई बयां कर रहे थे।

....

शाम पाँच बजे सोनल सो कर उठी, बुखार नहीं था पर जुकाम होने लगा था। कोरोना का डर अब भी उसके जेहन में था। 'क्या करूं समझ नहीं आ रहा' सोचा उसने। अगर उसे कुछ हो गया तो पल्लव को कौन संभालेगा? अरनव

सही कहता है उसे अपना ध्यान खुद ही रखना होगा। किचन में जाकर गर्म पानी पिया, स्टीम ली और अदरक–लौंग की चाय बना कर बेडरूम में ले गयी। सिप–सिप कर पीने से अच्छा लगने लगा। मोबाइल लेकर बैठ गयी और पुराने फोटो देखने लगी।

पिछली होली के एक फोटो पर नजर ठहर गयी। उसमें रोहन उसे रंग लगा रहा था और उसके एक दोस्त ने अपने मोबाइल से दोनों की ये फोटो निकाल ली थी। रोहन की आँखों में बहुत प्यार नजर आ रहा था उस दिन। रोहन ने उसे रंग लगाते हुए कहा था– तुम्हारे सांवले रंग पर ये गुलाबी गुलाल बहुत फबता है। मेरी दुनिया इस रंग से भी ज्यादा रंगीन और खुशनुमा है और इसकी वजह सिर्फ तुम हो, हमेशा यूं ही साथ रहना।

उसने ये इतने जोर से कहा था कि आसपास खड़े सारे फ्रेण्ड्स हंस पडे थे। सोनल और रोहन की जोड़ी लव वर्ड्स के रूप में फेमस थी। कोई पार्टी हो या कोई मूवी जाने का प्लान, दोनों एक–दूसरे के बिना कभी कहीं नहीं जाते थे। रोहन के रूप में सोनल को एक ऐसा हमदर्द, हमसफर मिला था जो हर लड़की का सपना होता है।

सोनल की तंद्रा भंग हुई अरनव के मैसेज से 'कैसा फील हो रहा है?'

सोनल जबाव नहीं दे पायी। रोहन का फोटो और अरनव का मैसेज, वो दोनों के बीच फंसा हुआ महसूस कर रही थी।

नहीं नहीं... वो कभी रोहन को धोखा नहीं दे सकती। वो अब अरनव से कभी बात नहीं करेगी। अगर उसके दिल में अरनव आ भी रहा है तो वो सारे दरवाजे बन्द कर देगी। इतना सब कैसे हो गया, उसे पता ही नहीं चला, अब पछता

रही थी कि क्यों उसने अरनव से बात शुरू की। ना वो बात करती और न अरनव को इतना करीब पाती। पर अब उसने निश्चित कर लिया है कि वो अरनव से कभी बात नहीं करेगी, कभी नहीं... कभी भी नहीं।

उसने मैसेज टाइप किया–

'आई हैव डिसाइडेड नॉट टू टॉक टू यू एनी मोर'

पर

पर बैकस्पेस दबाकर पूरा मैसेज डिलीट कर दिया और लिख दिया–

'फीलिंग बेटर!'

'ओह, गुड!' रात में कॉल करता हूँ शायद ग्यारह बजे के बाद कर पाऊंगा। आज तुमसे ढेर सारी बातें करने का मन है... बाय!'

सोनल सोच में पड़ गयी कि कहीं ये रोहन को धोखा देना तो नहीं है। पर जब प्यार होता है ना तो कुछ भी गलत नहीं लगता। उसे भी गलत नहीं लगा।

आज वो भी अरनव से बात करने के लिए बेकरार हुयी जा रही है। दस बजे तक पल्लव सो चुका था। लाइट बन्द कर दी उसने क्योंकि पल्लव को लाइट में नींद नहीं आती। परदे से छनकर आती स्ट्रीट लाइट कमरे में पड़ रही थी। ये हल्की सी रोशनी, हेडफोन पर रोमांटिक म्यूजिक, माहौल को खुशनुमा बना रहा था और उस पर अरनव का ख्याल– डेडली काम्बीनेशन। उसने सोचा काश ये वक्त यहीं थम जाए पर ये थोड़ी सी खुशी बहुत देर नहीं चली क्योंकि एक बड़ी सी खुशी अरनव की कॉल के रूप में सामने आ गयी। अभी ग्यारह नहीं बजे थे पर उसका कॉल आ गया।

धडकनें इतना तेज भी भाग सकती हैं, ये अहसास उसे आज पहली ही बार हो रहा था।

'हैलो!' उसकी धीमी सी आवाज कमरे की चुप्पी को तोड़ चुकी थी

'हाय! कैसी हो?'

'थोड़ा जुकाम हो रहा है।'

'नो प्रॉब्लम, कोरोना तुमसे अभी कोसों दूर है।'

'हम्म!'

'और बताओ क्या–क्या किया आज। ऐ तुमने डिनर किया या नहीं।'

'नहीं, बस अभी कॉफी पी थी, खाने का अभी मन नहीं है।'

'ओके!'

'और आपने?'

'हाँ मेरा डिनर तो हो गया, चिकन बिरयानी... माई फेवरेट।'

'ओह!'

'क्यों तुम चिकन नहीं खाती?'

'नहीं।'

'और बॉस?'

'नहीं, वो भी नहीं।'

'तो तुम लोग खाते क्या हो घास–फूस,' इतना कहकर वो अपनी ही बात पर हँसने लगा।

'भई, मुझे तो चिकन बहुत पसंद है स्पेशली जब वो बहुत–बहुत तीखा हो।'

'ओह!'

'क्यों, चिकन की बात सुनकर ही तुम्हारा धर्म भ्रष्ट हो गया क्या?'

'नहीं ये बात नहीं है। सभी की अपनी पसंद होती है, आपको नॉनवेज पसंद है और मुझे वेज, बात खत्म।'

'यस डियर, और बताओ!'

'क्या बताऊं?'

'ये बताओ कि तुम को सबसे अच्छा क्या लगता है?'

सोनल चौंक गयी, आज तक किसी ने भी उसकी पसन्द, हॉबी जानने की कोशिश नहीं की थी। रोहन ने भी नहीं।

'मैं किताबें पढ़ती हूँ और कविताएं लिखना बहुत पसन्द है।'

'हाँ वो तो तुम्हें देखकर ही समझ आता है।'

'मतलब!'

'मतलब ये कि तुम तो खुद जीती–जागती गजल हो जिसे बार–बार गुनगुनाने को जी चाहता है।'

'फ्लर्ट कर रहे हो!'

'हाँ!' अरनव मुस्कुरा कर बोला।

'गजब, आप तो बेशर्म भी हो।'

'अरे आपने अभी हमें जाना कहाँ है? जान जाओगे तो..?

'तो!'

'इश्क में गिरफ्तार हो जाओगे!'

'प्लीज अरनव....आपको बार–बार क्यों याद दिलाना पड़ता है कि मैं....'

'कि तुम शादीशुदा हो, तुम्हारा एक बच्चा है जो शायद अब तक सो चुका होगा। क्यों सही कहा ना?' अरनव ने उसे बीच में ही टोक दिया था 'अच्छा नन्दू, एक बात पूछूं!'

'नहीं, आज मैं सवाल पूंछूगी और आप जबाव दोगे........... जबाव दोगे ना!'

'हाय, इतने प्यार से पूछोगी तो बन्दा जान भी दे देगा!'

'अरनव, आप थकते नहीं हो फ्लर्ट करते–करते!'

'नहीं........। यही तो एक खूबी है मेरी। अच्छा पूछो क्या पूछना है पर हाँ मैं आर्मी रिलेटेड किसी भी बात का जबाव नहीं दूँगा।'

'और मैं पूछूंगी भी नहीं।'

'ओके.. तो शुरू कीजिए, पहला सवाल एक हजार रूपये के लिए मेरे कम्प्यूटर स्क्रीन पर।'

सोनल हँस पड़ी।

'यार ये गलत है, तुम हँसोगी नहीं, वरना ये बन्दा सुध–बुध खो बैठेगा।'

'अरनव!'

'ओके.. ओके.. स्टार्ट आसकिंग।'

'आपको आर्मी ज्वाइन किये हुए कितना टाइम हो गया?'

'मना किया है ना आर्मी रिलेटेड कुछ नही।'

'यार सिर्फ टाइम पूछ रही हूँ, ये तो जान सकती हूँ ना!'

'हाँ, सात साल।'

'शादी क्यों नहीं की अब तक?'

'अभी शादी के लिए बहुत वक्त है।'

'कोई गर्लफ्रेण्ड?'

'तुम हो ना।'

'अरनव..!'

'नन्दू..!'

'ओ गॉड, ये लडका!'

अरनव हँस पड़ा उसकी मासूमियत पर।

'अच्छा और पूछो... मजा आ रहा है इस के बी सी में।'

'कभी किसी से प्यार नहीं किया।'

'हाँ किया था, अवनी नाम था उसका, बहुत प्यार करता था उससे, आर्मी में सिलेक्शन के बाद ट्रेनिंग के लिए देहरादून गया था। एक साल के लिए उससे कान्टेक्ट में नहीं रह पाया। उसके पापा ने उसकी शादी कहीं और कर दी। इन्दौर से ही थी वो। वापस जाकर एक बार मिलने को दिल चाहा। भोपाल से शादी हुयी थी उसकी पर यूसूफ ने अपनी कसम देकर रोक दिया,' अरनव की बातों में कुछ उदासी थी।

'कौन यूसूफ?' सोनल ने पूछा।

'यूसूफ.. बताया था ना, एक ही तो दोस्त है मेरा।'

'ओह!'

'उसकी शादी में यूसूफ भी गया था लड़के वालों की तरफ से। वो अपनी शादी में खुश थी। उसकी खुशी का वास्ता दिया था मेरे दोस्त ने, बस इतनी सी है मेरी प्रेम कहानी।'

थोड़ी देर के लिए खामोशी छा गई।

इतना बोलने, हँसने–हँसाने वाला इतना गम्भीर भी हो सकता है सोनल ने सोचा ना था।

'ऐ नन्दू ये बताओ, तुम कुमार विश्वास को सुनती हो,' अचानक चहकते हुए अरनव ने पूछा

'हाँ क्यों?'

'तो यार डन! मैं भोपाल नहीं, तुम इन्दौर आना, अपने पापा से मिलवाऊंगा, कुमार विश्वास के भक्त हैं। हर रोज शाम को हमारे घर में 'अपने अपने राम' चलता है और हर व्यक्ति को जबरदस्ती सुनवाते हैं। तुमसे मिलकर खुश हो जायेंगे और मम्मा को तो बस एक शिकायत रहती है कि आजकल की लड़कियाँ जीन्स के अलावा कुछ नहीं पहनती। तुम्हें देखेंगी तो उन्हें अहसास होगा कि सादगी साड़ी में लिपटी कितना कहर ढाती है। वैसे तुम जीन्स नहीं पहनती।'

'पहनती हूँ।'

'मुझे तुम्हें जीन्स में देखना है।'

'पर..!'

'पर .. वर कुछ नहीं, जीन्स में एक फोटो भेजो ना!'

'अभी मेरे पास गैलरी में नहीं है।'

'मैं ये कह नहीं रहा हूँ, आर्डर है अभी भेजो, फिर तुरन्त डिलीट कर देना।'

'ठीक है' अरनव का प्यारा सा आदेश वो टाल नहीं सकी। सोनल ने अपनी जीन्स की फोटो भेज दी और तुरन्त डिलीट कर दी।

'यार डाउनलोड तो होने देती, सेण्ड अगेन,' गुस्से वाली स्माइली के साथ उसने लिखा।

दोबारा भेज दी सोनल ने वही तस्वीर। उसके देखने के बाद 'डिलीट फॉर एव्रीवन' का आप्शन क्लिक कर दिया।

अरनव का कॉल फिर आया। वो इस बार थोड़ा चुप लगा। सोनल को समझ नहीं आया क्या गलत हुआ है।

'कैसी लगी?'

'अच्छी है।'

'सिर्फ अच्छी।'

'हम्म।'

'अरनव क्या हुआ?'

'कुछ नहीं, फोटो बहुत अच्छी है, तुम जीन्स में भी बहुत अच्छी लगती हो, ... एक बात बोलूं,' थोड़ा रूकते हुए अरनव ने बोला।

'हाँ!'

'अं... छोड़ो, चलो अपना के बी सी फिर स्टार्ट करो।'

सोनल हँस पड़ी। इतना वो आज तक कभी नहीं हँसी थी जितना अरनव की संगत में हँस रही थी।

'के बी सी के सारे सवाल यहाँ खत्म होते हैं।'

'तो मेरा इनाम!'

'ओ हो, तो आपको इनाम भी चाहिए!'

'और क्या... सारे सवालों के सही जवाब दिये हैं मेरी जान, इनाम तो बनता है।'

'मेरी जान' सुनते ही सोनल का रोम–रोम शरमा गया। इससे पहले वो बेशर्म अरनव कोई डिमाण्ड करे, वो पहले ही बोल पड़ी।

'चलो आज मैं आपको कुछ सुनाती हूँ, सुनोगे ना?'

'बिल्कुल!'

'कुमार विश्वास!'

'अरे बाप रे, पहले ही डैडी क्या कम थे, जो अब तुम भी,' पर तुम्हारे मुंह से तो कविताएं भी अच्छी लगेंगी, सुनाओ।'

'एक मैं हूँ, यहाँ एक तू है,

सिर्फ सांसों की ही गुफ्तगू है,

वक्त यूं ही ठहर जाये हमदम,

दिल को इतनी सी एक आरज़ू है,

दिल को इतनी....'

सोनल की दिलकश आवाज सन्नाटे को खुशनुमा बना गयी।

'बहुत उम्दा, बेहतरीन... मतलब अल्फाज़ ही नहीं है यार तुम्हारी तारीफ के लिए, आज से मैं विश्वास सर का फैन हो गया। पर नन्दू बात उतनी नहीं बनी आज तुम कुछ अपना लिखा हुआ सुनाओ।'

'ओके!' सोनल बहुत खुश हुई कि चलो कोई तो उसकी कविताएं सुनना चाहता है।

'अब तुम में ही तो जीती हूँ

आज तुमसें ही कुछ कहती हूँ
कहा था तुमने
खुलकर बोलती नहीं
चलो, मन मंजूषा खोल
दिखलाती हूँ तुम्हें
तुम्हारे शब्दों की वो धीमी सी बारिश
तुम्हारे न खत्म होने वाले सवाल
सौंधी–सौंधी सी बिखरी मेरी खुशी
तेज हवाओं सा बहता,
तेरे मेरे बीच का अहसास
हल्का सा नम होता
मेरे विश्वास का आंचल
चाय की खुशबू सा महकता
हैलो, हाय का ये मौसम
जाने कहाँ ....?'

बीच में टोकता हुआ अरनव का सवाल बहुत गम्भीर आवाज में था 'तुमने ये मेरे लिए लिखी है ना!'

सोनल खामोश थी।

'मैंने कुछ पूछा तुमसे,' उसकी आवाज गम्भीर ही रही थी।

'हाँ.... अरनव रात के दो बज गये हैं, मुझे नींद आ रही है, मैं सो सकती हूँ? सोनल बात आगे बढ़ने नहीं देना चाहती थी।

'नहीं, फोन मैंने किया है, मैं बताऊंगा कि कब कट करना है।'

'ये तो आपकी जिद हुई ना!'

'हाँ है तो!'

'कल ड्यूटी नहीं करनी?'

'एक रात नहीं सोऊंगा तो कोई फर्क नहीं पड़ेगा।'

'नन्दिनी!'

'हाँ!'

'एक बात बोलूं!'

'हाँ!'

'जानती हो जब सबसे पहले तुम्हारा नम्बर डायल किया था तो मैंने तुम्हें देखा नहीं था पर जब तुम्हें देखा तो तुम्हारी मासूमियत मेरे दिल पर छा गयी। तुम्हारी मुस्कुराती तस्वीर ऐसे लगी जैसे वो मुस्कुराहट सिर्फ मेरे लिए हो। फोटो देखते ही समझ गया था कि तुम शादीशुदा हो पर दोस्ती की गुस्ताखी कर बैठा और आज तुम मेरे लिए बहुत खास हो गयी हो। तुम्हारी हर डीपी का स्क्रीन शॉट लेके रखा है। दिन की शुरुआत तुम्हारे चेहरे को देख कर करता हूँ और रात को तुम्हें आँखों में बसा कर सो जाता हूँ, नहीं जानता ये अहसास क्या है, क्यों हो रहा है, पर अब ये अहसास मुझे बहुत प्यारा लग रहा है और...'

'और।' सोनल ने अपनी सांसे थाम रखी थी।

'कुछ नहीं!'

बहुत देर तक खामोशी अपना शासन बड़ी तल्लीनता से करती रही बस धड़कनों की आवाज सुनी जा सकती थी,

सोनल शून्य में देख रही थी। मन था कि उसके बस में नही था और दिल तो कभी का उसका साथ छोड़ किसी अजनबी का हो चुका था। वही अजनबी उससे उसी को चुरा रहा था। उन लम्हों में एक अन्जानी डोर से उसे खींच रहा था। और वो भी सुधबुध गुमा उसकी ओर खिंची जा रही थी। सोनल आस–पास की दुनिया सब भूल चुकी थी। उस लम्हे में सिर्फ वो थी और उसका प्यार। जी चाहा वो दौड़ कर जाए और अपने उस ब्लंटशली की बाहों में समा जाए जिसे उसने देखा नहीं, सिर्फ महसूस किया है उसके अपनेपन की कशिश को। हाँ सच ही तो है, उसका ब्लंटशली उसके सामने है– एक डेयरिंग सोल्जर, डैशिंग पर्सन, जिसका नाम उसकी सांसे थमा देता है और ये ब्लंटशली किसी रैना जैसी खूबसूरत लड़की का नहीं, उसका है।

'मम्मा..... मुझे प्यास लगी है,' करवट बदलते हुए पल्लव बोला।

उसकी तंद्रा टूटी 'हाँ बेटा...' पानी को बोतल से गिलास में उड़ेलते हुए बोली।

पानी पीकर पल्लव फिर सो गया। मोबाइल अभी भी पास में रखा है। ब्लूटूथ कान में लगा है और दूसरी तरफ अरनव होल्ड किये था।

'ये मैं क्या सोचने लगी? मैं एक पत्नी हूँ, माँ हूँ, मैं ये नहीं कर सकती, ये गलत है। मैं रोहन को क्या मुँह दिखाऊंगी? समाज में क्या इज्जत रह जायेगी? ये भावनाएं दिल की हैं, दिल में ही रह जानी चाहिए। वहीं इन्हें दफन होना होगा।'

'मैं फोन रखती हूँ अरनव।'

'नहीं,' अरनव की आवाज में जिद थी।

'प्लीज आप समझिए। ये जो सब बातें हैं, गलत हैं, मैं फोन रख रही हूँ।'

'मैने कहा ना,नहीं, गलत क्यों है मुझे समझाओ।'

'मैं शादीशुदा हूँ, बेटा है मेरा और उस पर ये सब कुछ गलत है , प्लीज.. मैं सच में फोन रख रही हूँ।'

'आज मेरी बात सुने बिना अगर तुमने फोन रखा तो तुम्हें मेरी कसम।'

'मैं कसम में यकीन नहीं रखती।'

'पर मैं रखता हूँ और सुनो अगर तुमने अभी फोन रखा तो मेरी वर्दी की कसम, मैं तुम्हें कभी पहले फोन नहीं करूंगा।'

'प्लीज अरनव, समझो ना।'

'मैंने कह दिया ना। अब तुम समझो, बिना सही–गलत सोचे, मुझे मेरे दिल की बात खत्म करने दो या....'

'नहीं अरनव....आइ एम सॉरी .....ये गलत है,' कहते हुए सोनल ने फोन काट दिया।

पौने तीन बज चुके थे।

पन्द्रहवां दिन

दो दिन से अरनव का ना कोई मैसेज आया और ना ही कोई फोन और उस पर सोनल की तबियत बिगड़ती जा रही थी। जुकाम, बुखार के साथ खांसी भी शुरु हो गयी थी। रोहन से बात होने पर उसने बताया कि किस प्रकार घर पर ही आइसोलेट हो सकते हैं। बुखार सिर्फ निन्यानवे और सौ के बीच था तो घबराने की कोई बात नहीं है। पैरासीटामोल लेने की सलाह दी थी और साथ ही सुबह–शाम स्टीम लेनी थी। सोनल की परेशानी शारीरिक से ज्यादा मानसिक थी। पल–पल अरनव की याद आ रही थी। हर वक्त उसकी बातें उसे परेशान कर रही थी और उसकी आवाज तो जैसे उसके कानों में घुल चुकी थी। पुराने चैट पढ़ते वक्त ऐसा लगता जैसे वो खुद बोल रहा है, कल उसके स्टे्टस में एक गाना था

'रीत ना जानूं, रिवाज ना मानूं

मैं तो ठहरा सादा बन्दा..'

जिसने अरनव के दिल की सारी बातें सोनल के सामने खोल कर रख दीं। उसे याद आया अरनव ने कहा था स्टे्टस एक छुपा हुआ मैसेज होता है किसी खास के लिए और वो जानती थी इस स्टे्टेस का कोई खास वो खुद है पर उसके हालातों ने सोनल के पांवो में बेड़ियाँ डाल रखी थी जिन्हें वो चाह कर भी नहीं तोड़ सकती। अब खुद पर अफसोस हो रहा था कि उसने क्यों प्यार किया? चाहती तो शुरुआती दौर में ही अरनव से बातें करना बन्द कर देती तो बात इतनी तो नहीं बिगड़ती कि जो प्यार सुकुन देता है, वही प्यार उसे दर्द दे रहा है।

पलभर को भी उसे आराम न था, पल भर को भी अरनव उसके ख्यालों से दूर नहीं जा रहा था। तभी याद

आया कि एक बार और अरनव ने कसम खायी थी भोलेनाथ की कि वो उससे बात नहीं करेगा पर उसने कसम तोड़कर तीन दिन बाद सोनल से बात की थी। ये सोचते ही सोनल को थोड़ी तसल्ली मिली कि चलो शायद वो कल बात करेगा। थोड़ा अच्छा महसूस होने लगा था उसे।

'गजब का है दिन सोचो जरा.....' डाइनिंग टेबल पर रखा उसका फोन बजा 'अरनव का ही होगा' उसकी खुशी का ठिकाना न रहा, दौड़कर फोन के पास पहुंची।

अरनव नहीं ये प्रिया का फोन था।

'हैलो!' सोनल ने बुझी आवाज में कहा।

'क्या हुआ तुझे भई?' प्रिया ने पूछा।

बचपन की इन दोनो सहेलियों की शादी संयोगवश भोपाल में ही हुई थी बस दो साल के अंतर से। प्रिया के पति एक बिजनेसमैन थे। छः साल के उसके जुड़वा बच्चे थे इसीलिए प्रिया उसके घर कम आ पाती थी। अक्सर सोनल ही वहाँ पहुंच जाती और दोनों सहेलियाँ खूब गपशप करती थीं।

'कुछ नहीं,' सोनल ने कहा, 'बस थोडी तबियत ठीक नहीं है और तू बता रिद्धि–सिद्धि कैसी हैं।'

'अरे उन्हें क्या होना है? तू बस मेरा हाल पूछा कर। जानती है सुबह–सुबह मम्मी का फोन आया था आगरा से और उन्होंने क्या शॉकिंग न्यूज सुनाई!'

सोनल जानती थी कि प्रिया की मम्मी गॉसिप क्वीन हैं।

'क्या बताया आण्टी ने?

'ये तू इतना रूखा–रूखा क्यों पूछ रही है, सोनू कुछ हुआ है क्या?' प्रिया ने उससे बहुत प्यार से पूछा।

इतने प्यार के कारण सोनल के आंसू उमड़ पडे। अरनव की याद आँखों से बह चली थी।

'सोनल! तबियत खराब है क्या? किसी ने कुछ कहा, जल्दी बता यार।'

'कुछ नहीं बस थोडा बुखार, जुकाम है और इसीलिए तेरी आवाज सुनकर आंसू निकल आये।'

'तू अपना ध्यान रख, सावधानी ज्यादा रखनी है इस कोरोना में।'

'हाँ तो तू क्या कह रही थी? आण्टी ने क्या बताया?'

'वो छोड़, ये बता रोहन जी कहाँ है?'

'हॉस्पीटल के पास ही रूम लेकर रह रहे हैं।'

'तू अकेली है?'

'हाँ!'

'तेरे एरिए की न्यूज थी लोकल चैनल पर, सील कर दिया गया है?'

'हाँ!'

'तो कैसे मैनेज कर रही है?'

'कोई प्राब्लम नहीं हो रही, बस मैं और पल्लव ही तो हैं।'

'तू सच में ठीक है ना?' प्रिया ने जोर देकर पूछा 'और ये क्या हाँ–ना, हाँ–ना लगा रखा है? ठीक–ठीक बता क्या हुआ है?'

'कुछ नहीं!'

'फिर वही, बता भी अब!'

सोनल की रूलाई छूट गयी, समझ नहीं आ रहा था उसे... क्या प्रिया को सब बता दे या नहीं? जानती थी प्रिया उसे ही समझाने लगेगी। प्यार! व्हाट्स अप पर, वो भी एक अन्जान से जिसे देखा नहीं, शादीशुदा होकर भी, एक बच्चे की माँ होने के बावजूद!'

नहीं–नहीं वो प्रिया को भी नहीं बता सकती।

'कहाँ खो गई सोनू? बोल क्या प्रॉब्लम है?'

'प्रिया, मुझे बुखार–जुकाम लग रहा है, कहीं कोरोना हो गया तो पल्लव को कौन संभालेगा?'

'अरे मैं मर गयी हूँ क्या? पल्लव के लिए उसकी मौसी जिन्दा है और तुझे भी कुछ नहीं होने वाला। ये नेगेटिविटी छोड़। देख जो भी होता है ना, अच्छे के लिए होता है... देखना तू ठीक भी हो जायेगी और खुश भी रहेगी, अब जल्दी से मुस्कुरा दे, मेरी जान!'

'ये तू मेरी जान मत बोल!' सोनल अरनव को याद करते हुए बोल पड़ी।

'क्यों किसी और ने तुझे जान बना लिया है क्या?' प्रिया चुटकी लेते हुए बोली।

'हम इस लायक कहाँ कि किसी का प्यार पायें या किसी को दिल में बसा पायें!' सच शब्द बदलकर सोनल के मुंह से निकल गया।

'क्या बोल रही है तू, बुखार का असर दिमाग पे हो गया है क्या?'

'चल छोड ये सब, बता आण्टी क्या कह रही थी?'

'अरे हाँ, वो तो बताना ही भूल गयी। सुन, तुझे याद है आगरा में मेरे घर के पास अन्तरा रहती थी।'

'हाँ याद है, वो बहुत खूबसूरत सी थी।'

'हाँ, उसने सुसाइड कर ली।'

'क्या... क्यों!'

'उसके हसबैण्ड की डैथ तो शादी के छः महीने बाद ही हो गयी थी। उसके बाद उसका आगरा के ही एक लड़के से अफेयर हो गया था। उस लड़के ने उसे धोखा दे दिया सो अन्तरा ने ये कदम उठा लिया। पुलिस इन्वेस्टिगेशन चल रहा है, लड़का फरार है। लड़के के पिता ने बयान दिया है कि लड़की ही गलत थी।'

'ओह! ये तो बहुत खराब हुआ,' सोनल बोल पड़ी।

'हाँ यार, पर इन अफेयर्स का अंजाम यही होता है।'

'प्लीज, प्रिया, अफेयर शब्द का इस्तेमाल मत कर, प्यार भी तो हो सकता है!'

'सोनल मैडम! ये दुनिया आपके जैसी नहीं है ना जहाँ प्यार, मोहब्बत, इश्क पवित्र भावनाएं हो यहाँ हवस शब्द भी प्यार से जुडा है।'

'शट्अप प्रिया, डोण्ट टॉक लाइक दिस!'

'मेरे बात न करने से बात बदल तो नहीं जायेगी ना, जो सच है वो सच है,' प्रिया ने कहा।

'अच्छा ठीक है, तुझसे तो इस टॉपिक पर बात करना ही बेकार है पर इस दुनिया में प्यार आज भी है जो दो लोगों को एक डोर से बांध कर रखता है, तू नहीं समझेगी।'

'हाँ बस मैं ही नहीं समझती,' प्रिया अब गुस्से में बोली।

'मेरा मतलब ये नहीं है प्रिया। प्यार बहुत ही पवित्र भावना है जिसमें आप नहीं, धड़कने बात करती हैं। जिसे

चाहो, उसकी हर बात अच्छी लगती है। उसके मैसेज पढ़ते वक्त उसकी आवाज सुनाई देती है, हर पल वो साथ महसूस होता है। उसका नाम दुनिया का सबसे खूबसूरत नाम बन जाता है, उसकी हँसी दिल के सारे तार छेड़ जाती है। वो जब तुम्हारा नाम पुकारे तो सांसे थम जाती हैं। प्यार तो वो है जब तुम्हें उसकी बांहो में छुप जाने का जी चाहे, उसकी हरेक पसंद तुम्हारी पसंद बनने लगे, उसका गुनगुनाया हुआ गाना तुम्हारा फेवरेट सॉग बन जाये और जब तुम उसे देखो तो..... ।'

'तो क्या? तूने उसे देखा ही कहाँ है?'

'किसकी बात कर रही है!' सोनल सकपका गयी।

'और किसकी, तेरे सपनों के राजकुमार की। कॉलेज से अब तक कितना सर खा चुकी है। अब तक तो तेरा प्रवचन मुझे मुँह जुबानी याद हो गया है और अब फोन रख, नहीं सुनने तेरे ब्लंटशली और डार्सी के किस्से।'

सोनल हँस पडी 'चल बाय!'

'बाय, किताबों की दुनिया से बाहर निकल, हकीकत की दुनिया और भी सुन्दर है, पर हाँ, यहाँ ब्लटंशली नहीं मिलेगा।'

'मिलेगा क्या, मिल चुका है!' सोनल ने मन में सोचा।

'चल बाय!'

'ओके टेक केयर!'

सोलहवां दिन

सोनल ने ग्यारह बजे से पहले सारा काम खत्म कर लिया, अरनव का फोन जो आने वाला है। सही क्या–गलत क्या आज वो कुछ सोचना नहीं चाहती थी। बस एक ही अरमान था 'प्लीज एक बार कॉल कर लो!'

फोन नहीं आया।

बीसवां दिन

'क्या मैं उसे एक मैसेज कर दूं, शायद वो जबाव दे दे!' सोनल के मन में उधेड़बुन चल रही थी

'आइ ऍम कोरोना पॉजीटिव!' उसने एक झूठा मैसेज सैण्ड किया।

तुरन्त दो नीली लाइनें हो गयीं पर ना मैसेज का जबाव आया ना फोन।

छब्बीसवां दिन

दो हफ्ते हो गये थे अरनव की जिद और सोनल की खामोशी को। ना फोन आया और ना सोनल ने किया। उसके आँसू भी अब सूख चुके थे। दिल के मानो हजार टुकड़े हो गये थे। कलम लेकर वो अरनव की यादों को शब्दों में ढालने लगी थी–

'थाम के रखा है उसे मैंने

आंसुओं में अपने

अब तो रो भी नहीं सकती

डर है कि कहीं उसे खो न दूं!'

तैंतीसवां दिन

तीन हफ्ते, बेहिसाब आंसू, हजारों शिकायतें और सिर्फ एक नाम 'अरनव'। कोई भी सोनल के चेहरे को देखकर अंदाज़ा लगा सकता था कि वो कितना बीमार है पर कोई नहीं जान पाता कि ये बीमारी दुनिया की सबसे खतरनाक, लाइलाज बीमारी है जिसे अलग–अलग नाम से पुकारा जाता है पर इसका इलाज एक ही है महबूब की बाहें और इन बाहों में कैद होकर उसकी धड़कने सुनना। और अगर आज अरनव सामने होता तो सोनल ये गुनाह भी कर बैठती। किसी ने कहा था कि बातें न करने से प्यार खत्म हो जाता है पर उसके साथ तो ये दिन पर दिन गहराता जा रहा है और उस हद तक कि वो घण्टों उसकी डीपी निहारा करती थी। आश्चर्य की बात आज तक अरनव ने ऐसी डी पी नहीं लगायी थी जिसमें उसका चेहरा दिखता हो पर सोनल को प्यार उससे हुआ था उसके चेहरे से नहीं।

ग्यारह बजते ही सोनल झटके से उठी। उसने निश्चित किया कि अरनव करे ना करे पर वो उसे कॉल जरूर करेगी और पूछेगी कि क्या बात इतनी बिगड़ गयी है कि अब वो उससे बात भी नहीं करना चाहता। उसने फोन उठाया, नम्बर डायल किया, डायलर टोन बजी। अरनव तो कभी डॉयलर टोन सेट नहीं करता और वो भी ये

'रीत ना जानूं, रिवाज ना मानूं

...................'

'हैलो!' अरनव ने धीरे से कहा।

सोनल चुप रही।

'हैलो, नन्दू!' उसने बहुत प्यार और धीरे से कहा।

सोनल चाह कर भी कुछ नहीं बोल पायी। गला रूंध गया था सिर्फ 'हैलो' ही बोल पायी।

'क्या हुआ तुम्हें, तुम ठीक तो हो ना!'

'मैं ठीक हूँ!'

'नहीं, तुम ठीक नहीं हो, तुम्हारी आवाज बता रही है!' अरनव बोला।

'मैं ठीक हूँ, आप कैसे हो? व्यंग्य में उसने कहा 'अच्छे ही होगे ना?'

'तुम्हारे बिना, तुमसे बात किये बिना कैसा हो सकता हूँ? तुम्हें बहुत मिस किया, इतना ज्यादा कि कई रातों को ठीक से सो भी नहीं पाया हूँ। हर पाँच मिनट में तुम्हारी डीपी देखता रहता था। जिस दिन तुम्हारा कोरोना पॉजीटिव का मैसेज आया वो दिन बिना खाना खाये, बिना किसी काम के गुजार दिया।

'तो फिर फोन क्यों नहीं किया?' सोनल ने पूछा।

'कैसे करता कसम जो खाई थी!'

'पर कसम तो आप एक बार तोड़ चुके हो ना, दोबारा तोड़ने में ये हिचक कैसी?'

'तुम भूल रही हो कसम मैंने वर्दी की खाई थी जो हर कसम से बड़ी है। मैं कोई भी कसम तोड़ सकता हूँ शायद मम्मा और डैडी की भी, पर अपनी वर्दी की नहीं।'

सोनल आश्चर्य में पड़ गयी। उसकी आँखें खुली की खुली रह गयी। जो लड़का भगवान की कसम तोड़ दिया बिना डरे वो अपनी वर्दी से इतना प्यार करता है कि वो...।

'आप इतना प्यार करते हो अपनी यूनिफॉर्म से?'

सोनल को गर्व महसूस हो रहा था।

'इण्डियन आर्मी यूं ही मस्तानों की टोली नहीं कही जाती... जब मुझ जैसे लाखों दीवाने मिलते हैं तो ये एक आर्मी बनती है। पलटन की इज्जत, देश की आन–बान शान सिर्फ नारे या शब्द नहीं हैं, ये हमारी बेड टाइम राइम्स हैं जिन्हें सुनकर हमारी रग–रग में जोश भर जाता है। बस यही एक वो कसम है जो मैं कभी नहीं तोड़ सकता। मैं शायद तुमसे कभी बात नहीं करता अगर तुम्हारा फोन नहीं आता तो। ये अरनव राणा कट कर गिर सकता है पर वर्दी की कसम नहीं तोड सकता।'

अब तो तुम समझ गयी ना मैंने फोन क्यों नहीं किया।

सोनल के रोंगटे खड़े हो गये थे कि क्या आर्मी मैन अपने देश से इतना प्यार करते हैं कि बाकी रिश्ते–नाते इस तिरंगे के सामने कुछ नहीं। बचपन में दादी से सुने देशभक्तों के किस्से, जो उसके अन्तर्मन में कहीं विद्यमान थे, उनमें से एक हीरो बाहर निकल कर उसके सामने है। देशभक्त केवल आजादी के वक्त ही नहीं थे, वो आज भी इण्डियन आर्मी में मौजूद हैं।

'सुनो नन्दिनी.... मैं थोड़ी देर में फोन करूं, कुछ जरूरी काम है?'

'फोन करने में अब तो आपकी कसम नहीं टूटेगी ना?' सोनल के सारे गिले शिकवे दूर हो चुके थे।

'नहीं, कसम तो पहले फोन न करने की थी ना!' गम्भीर स्वर था अरनव का।

'ओके!'

'ठीक है बाय, अपना ख्याल रखना!'

यही तो वो शब्द थे जिसे सुनने के लिए सोनल के कान तरस गये थे। दुनिया का सबसे खूबसूरत आदेश, दुनिया के सबसे प्यारे सोल्जर के द्वारा।

'ओके बाय और प्लीज फोन जरूर करना!' सोनल कहने से खुद को रोक नहीं पायी।

'जो हुक्म मेरे आका!' अरनव अपनी लय में वापस आता दिखा।

....

दिन खूबसूरत सिर्फ मौसम, सूरज, चाँद, सितारे से नहीं बनता, वो खूबसूरत बनता है मन की खुशी से। जो दिन सुबह से बोझिल महसूस हो रहा था, अरनव से बात करके खुशनुमा हो गया था। सोनल का मन इत्र सा महक उठा था। थोड़ी सी झपकी लेने के इरादे से वो बेडरूम में जाकर लेट गयी। उसे लगा जैसे सदियों से वो सोई ही नहीं है और आज मन शान्त होने से बहुत गहरी नींद सोना चाहती थी। मोबाइल की साउण्ड थोड़ी सी धीमी कर सो गयी। शाम 5 बजे जब उठी तो देखा अरनव की मिस्ड कॉल और एक मैसेज था 'रात में कॉल करता हूँ, कुछ इमरजेन्सी आ गई है', सोनल मुस्कुरा दी।

प्यार वो इन्द्रधनुष है जिसमें भावनाओं के सातों रंग समाये हैं। खुशी अगर है तो इस हद तक कि अकेलापन भी महफिल सजाता है और अगर इश्क में आंसू मिले तो हर जश्न भी फीका लगता है। कही पढ़ा था सोनल ने कि बाबा फरीद जब किसी को खुश रहने की दुआ देते तो कहते थे 'जा तुझे इश्क हो' मुकम्मल सी एक दुआ है ये तो। अभी तक सिर्फ पढ़ा था, मतलब आज समझ आया। आज मुस्कुराहट उसकी सच्ची सहेली बन हर पल उसके साथ

थी। बस एक बार वो फोन कर दे तो ये दिन उसकी जिन्दगी का सबसे यादगार दिन हो जाये।

शाम सात बजे उसने मोबाइल उठाया ही था कि देखा कि अरनव का एक मैसेज पड़ा था। डाउनलोड होते ही एक पिक्चर सामने थी– एक लड़की कार में बैठी थी, खिडकी के पास एक लड़का साइकिल लिए खड़ा है, उसकी निगाहें लड़की पर टिकी थी, आँखों में नमी और होठों पर जैसे कोई ख्वाहिश थी और कैप्शन में लिखा था–

'हर तरफ मोहब्बत का खुमार है

हाँ मुझे भी एक शादीशुदा से प्यार है'

सोनल का रोम रोम खिल उठा। उसका अरनव उसे प्यार करता है। उसने मोबाइल को ही सीने से लगा लिया। प्यार किये जाने का अहसास दुनिया का सबसे कीमती अहसास होता है। हम किसी को चाहें ये प्यार है और वो भी हमें टूट कर चाहे तो खुदा का करम जो हर किसी को नसीब नहीं होता पर आज सोनल को वो दुआ, वो करम नसीब हुआ है। अब उससे वक्त काटे नहीं कट रहा था। कब ये रात हो और अरनव उसे कॉल करे।

लाइट बन्द करने के बाद उसने अरनव का फेवरेट गाना लगाया और सुनने लगी 'उनसे मिली नजर कि मेरे होश उड़ गये.......'

आज चाँदनी रात थी, उसकी खिड़की से चाँद दिखता था। सोनल चाँद को देखते हुए अरनव के ख्यालों में खो गयी जो इस चाँद की तरह उसकी जिन्दगी में प्यार की चाँदनी और अहसासों की शीतलता बिखेर गया है। अचानक गाना रूक गया और दूसरा बजने लगा 'गजब का है दिन...... ' ये तो उसकी रिंगटोन है और सामने अरनव का नाम

चमका। दिल पर काबू रखना मुश्किल हो गया, धडकनें बेतहाशा भागे जा रही थी। उसने फोन उठाया 'हैलो!'

'आई लव यू!' अरनव फोन उठते ही बोला।

'हैलो!'

'आई सैड आई लव यू'

वो शान्त थी। हर शब्द को महसूस करना चाहती थी।

'नन्दिनी, आई लव यू!'

'हम्म।'

'मुझे तुमसे बहुत प्यार हो गया है। आई लव यू.... आई लव यू.... आई लव यू।'

'पर....मैं शादीशुदा हूँ।'

'मुझे पता है।'

'मेरा एक बेटा है।'

'कोई फर्क नहीं पड़ता।'

'मैं उम्र में आपसे बड़ी हूँ।'

'तो तुम्हें ज्यादा प्यार करना पड़ेगा।

'पर सुनो ना....।'

'पर–वर कुछ नहीं, बहुत प्यार हो गया है तुमसे। तुम्हारे बिना जीने की कल्पना भी नहीं कर सकता। तुम्हारी खूबसूरती में खो जाने का दिल करता है।'

'अरनव, आप डीपी पर मत जाना, मैं एक एवरेज लुकिंग लेडी हूँ।'

'शक्ल वो देखते हैं जिन्हें खुद पर भरोसा नहीं होता, खुद की कमी को दूर करने के लिए साथी की खूबसूरती का

सहारा लेते हैं और मुझे मदहोश करने के लिए तुम्हारी आवाज ही काफी है।'

'अरनव मैं.....।'

'अब तुम एक शब्द नहीं बोलोगी मेरी बात सुनोगी............ नन्दू सुनोगी ना?'

'हाँ!' मंत्रमुग्ध सी हो गयी थी सोनल।

'एक बात पूछूं?'

'हाँ!'

'डू यू लव मी?'

'नहीं!' कुछ सोचते हुए सोनल बोली। दिल–दिमाग की जंग में दिमाग जीत गया।

'ओके!' बेफ्रिक आवाज थी अरनव की।

खामोशी छा गयी।

'नन्दू!'

'हाँ!'

'डू यू लव मी ना?'

'नहीं!'

'सच में नहीं?'

'नहीं!'

'पक्का?'

'पक्का!'

'बिल्कुल प्यार नहीं करती?'

'नहीं!'

'चलो मैं वीडियो कॉल करता हूँ, मेरी आँखों में देख कर बोलो कि तुम मुझे प्यार नहीं करती।'

'नहीं करती!'

'नन्दू, एक बात बोलूं?'

'हाँ!'

'अब सच बताओ क्या मेरे ये अहसास तुम तक नहीं पहुंचते? क्या कभी तुमने इतने दिनों में मुझे मिस नहीं किया?'

सोनल चुप थी। प्यार में बेबसी और पैरों की बेड़ियाँ उसे सच बोलने नहीं दे रही थीं।

'अरनव, क्या हम कुछ और बात कर सकते हैं!'

'नहीं, आज मुझे तुमसे सिर्फ 'हाँ' सुननी है........ बोलो ना!'

'क्या बोलूं?'

'यही कि मुझसे प्यार है।'

'नहीं है!'

'क्या बात है, मतलब तुम मुझे बहुत प्यार करती हो क्योंकि तुम्हारे ही कुमार विश्वास ने लिखा है–

'प्यार में इब्तदा का मजा लीजिए

उसमें ही इन्तहा का मजा लीजिए

प्यार का व्याकरण, आचरण है अलग

प्यार की 'ना' में 'हाँ' का मजा लीजिए'

सोनल मुस्कुरा दी। दिल जीतने की ये कला इस जादूगर को खूब आती है।

'तुम्हें विश्वास सर की कसम। बताओ मुझे, तुम्हें प्यार है ना मुझसे?'

'हाँ!' सोनल अब खुद को रोक नहीं पायी।

'क्या!' अरनव की खुशी छुप नहीं पा रही थी।

'हाँ, मेरा जबाव 'हाँ' है।'

'कब से करती हो?' उसने धीरे से पूछा।

'पता ही नहीं चला कि कब प्यार हो गया।' सोनल ने कहा।

'कितना करती हो?'

'आपसे थोड़ा ज्यादा।'

'नन्दू! ये मेरी जिन्दगी का सबसे खूबसूरत पल है। आई लव यू यार! बस अब तुम सामने आ जाओ मैं तुम्हें जोर से हग करना चाहता हूँ। सुनो, मैं तुम्हे वीडियो कॉल करता हूँ, तुम्हें देखना चाहता हूँ आँखों में कैद कर लेना चाहता हूँ तुम्हें इज़हार करते हुए।'

'ओके, वैसे मुझे भी आपको देखता है, आज तक नहीं देखा है ना!'

'मतलब, तुमने मुझे क्यों नहीं देखा, मैंने फोटोज सेण्ड तो किए थे ना!'

'और तुरन्त डिलीट भी कर दिये थे। एक पल में कोई किसी को देख कर उम्र भर याद रख सकता है क्या?'

'वीडियोज भी भेजे थे?'

'वो भी डिलीट कर दिये थे आपने।'

'तुम्हारे कहने का मतलब कि तुम मुझे देखकर पहचान नहीं पाओगी, मतलब एक तरह से देखा ही नहीं है तुमने।'

'नहीं।'

'गजब हो यार, बताती तो मैं फोटो सेण्ड कर देता और तुमने मेरी डीपी भी नहीं देखी?'

'उसमें आपका फेस कभी क्लियर ही नहीं रहता। कभी ढका होता है, कभी आपने सर झुकाया होता है।'

'वाऊ! मजा आ गया सुन कर, तुमने मुझसे प्यार किया वो भी बिना देखे।'

'हाँ!'

'सच बोल रही हो ना!'

'हाँ बिल्कुल सच! तो मैं कॉल करूं!'

'नहीं अब तो बिल्कुल नहीं, कहीं तुमने मुझे देखकर रिजेक्ट कर दिया तो। बन्दा तो मजनूं बना लैला—लैला चिल्लाता रहेगा!' अरनव शरारत से बोला।

'ऐसा कुछ नहीं है, मुझे आपको देखना है।'

'नहीं, तुमने मुझे बहुत तड़पाया है ना प्यार के इज़हार में, अब मेरी बारी। अब तो तुम मुझे तभी देखोगी जब हम मिलेंगे।'

'प्लीज सिर्फ एक बार पिक भेजो ना, मुझे आपको यूनिफार्म में देखना है।'

'नहीं माई लव, अब तो बिल्कुल नहीं... जब मिलोगी तब, तो बताओ कब आऊं मिलने।'

'अरनव, एक बात बोलूं!'

'जी हाँ... बिल्कुल बोलिए मेरी जान।'

'मैं आपसे शायद कभी मिल न पाऊं!'

'क्यों?'

'मैं सब कुछ बता तो चुकी हूँ।'

'कोई प्रॉब्लम नहीं होगी, जब इन्दौर आऊंगा तो भोपाल भी आ जाऊंगा। तुम थोड़ा तो वक्त निकाल सकती ही हो ना! सच में जान, तुम जानती नहीं कितना तड़पा हूँ इन तीन हफ्तों में, पल–पल याद करता रहा, लगा जैसे दुनिया खत्म हो गयी। तुम्हारी याद में पुराने चैट्स पढ़ता रहता था। मुझे कुछ नहीं पता बस मिलना है तुमसे। और हाँ मेरा मूड ऑफ मत करो। अभी तो प्यार हुआ और अभी झगड़ा। दिस इज नॉट फेअर। इतना खूबसूरत चाँद निकला, और ये ठण्डी हवा और उस पर तुम्हारा साथ।'

'हम्म!' सोनल उसकी बातों में पूरी तरह डूबती जा रही थी।

'एक बात बोलूं!'

'हाँ!'

'तुम्हें किस करने का दिल कर रहा है।'

'अरनव, अब फोन रखिए बहुत देर हो रही है,' सोनल घबरा कर बोली।

'तुमसे मैंने कई बार कहा है कि जो फोन करेगा वो बतायेगा कि फोन रखना है या नहीं और आज रात तो मैं फोन नहीं रखने दूँगा।'

'प्लीज अरनव, बहुत देर हो रही है।'

'खबरदार जो तुमने फोन रखा, थप्पड़ लगाऊंगा तुमको!'

सोनल हँस पडी, निश्चल हँसी थी उसकी।

'तो मैडम क्या इरादा है?'

'कुछ भी नहीं!'

'इस पल को यादगार बनाना ही पड़ेगा तो तुम मुझे किस दे रही हो या मैं ही जबरदस्ती टैक्स वसूल कर लूं।'

'आप थोड़ा बेशर्म किस्म के इंसान नहीं हो?'

'बिल्कुल, अभी तक शराफत तो सिर्फ तुम्हें पटाने के लिए दिखाई थी, अब तो तुम मेरी हो, अब असली रंग देखोगी,' हंसते हुए बोला अरनव।

'अच्छा जी!'

'जी हाँ बिल्कुल!'

'तो चलिए किस भी आपको तभी मिलेगा जब हम मिलेंगे।'

'पक्का!'

'हाँ पक्का!'

'तो मैं कल ही फ्लाइट पकड़ कर आ जाता हूँ तुम्हारे पास'

'नहीं अब आप अगस्त में ही आइयेगा और तभी हम मिलेंगे।'

'क्या यार, अभी मई चल रहा है, जून, जुलाई बीच में दो महीने हैं मतलब साठ दिन से ज्यादा। इतने दिन तुमसे दूर नहीं रहा जायेगा।'

'नहीं, अब तो ये तय रहा कि हम अगस्त में शायद मिलेंगे।'

'शायद क्यों, हम पक्का मिलेंगे।'

'देखते हैं!' सोनल बोली।

'ए नन्दु अब कोई नखरा नहीं। अगर ऐसे नहीं मिलोगी तो मेरी शहादत पर तो मिलोगी।'

'अरनव ये किस तरह की बात आप बोल रहे हो, कुछ तो सोच–समझ कर बोला करिए।' कभी–कभी अरनव की बातें उसे परेशान कर देती हैं।

'क्यों, मेरी मौत की बात तुम्हें इतना परेशान करती है।' शरारत हर वक्त उसके दिमाग में चलती है।

'अब मैं आपको थप्पड़ लगाऊंगी!'

'तुम नहीं लगा सकती, क्योंकि उसके लिए तुम्हें मेरे बहुत करीब आना पड़ेगा, इतना करीब कि तुम्हारी सासों को महसूस कर सकूं, इतना करीब कि तुम्हारे हाथ मेरे गालों को छू सकें, इतना करीब कि मैं अपने होठों को...।'

'अरनव प्लीज मैं फोन रखती हूँ,' सोनल उसकी बातों में सुध–बुध खोने लगी थी। ना जाने वो करीब होता तो क्या होता।

'ठीक है पर याद रखना, मेरी बात अभी खत्म नहीं हुयी है। अब तुम मेरी हो, सिर्फ मेरी।'

'नन्दू!' इतने प्यार से अरनव ने सोनल को पुकारा लगा जैसे सारे कायनात की मोहब्बत उसके इस एक शब्द में सिमट आयी हो।

'हाँ!'

'थैक्यू यार, आज मैं बहुत खुश हूँ, बेहद अच्छा लग रहा है कि तुम मेरी जिन्दगी में आ गयी हो। आई लव यू यार, चलो अब तुम सो सकती हो पर एक शर्त है!'

'क्या?' सोनल पूछ बैठी।

'मुझे सपने में तो अपने करीब आने देना!'

'अरनव!'

'नन्दू!' हँसते हुए बोला अरनव।

'गुड नाइट!'

'गुड नाइट, माई लव!'

फोन रखते ही एक इमोजी आयी किस करते हुयी और एक मैसेज 'वेटिंग फॉर यू इन माई ड्रीम्स!'

सोनल ने फोन रख दिया था। बेइंतहा खुश थी वो। अरनव की बातें, उसका इजहार–ए–मोहब्बत उसको गुदगुदा गया था। नींद कोसों दूर थी। जागते हुए भी लग रहा था कि कहीं ये कोई सपना तो नहीं और अगर ये सपना है तो कोई उसे जगाए नहीं।

चांदनी उसके चेहरे पर पड़ रही थी और अरनव की मोहब्बत उसे अंदर से रौशन किये थी। किसका नूर ज्यादा था चांदनी का या मोहब्बत का, ये कहना मुश्किल था। पर सोनल इश्क की एक नई दास्तां लिखने को बेकरार थी। चेहरे पर मुस्कान कम ही नहीं हो रही थी। अरनव को सोचते–सोचते नींद के आगोश में चली गयी।

चौतीसवां दिन

रात की चांदनी से इस भोर की मंद–मंद बिखरी खुशबू तक जैसे सब कुछ मोहब्बत की कहानी गुनगुना रहा है। पहली किरण के साथ चिड़ियों का चहचहाना, अलमस्त सी इठलाती चलती हवा, अलसाई सी आँखों में महबूब के सपने, इससे खूबसूरत सुबह और भला क्या होगी!

खिड़की से बाहर झांकते हुए वो सुबह की ताजगी महसूस करने लगी। लेटे–लेटे हजारो ख्याल मन में अंगड़ाई ले रहे थे। एक छवि तो थी मन में पर पूरी तरह साकार नहीं। अनेकों रंग वो उस छवि में भरने लगी लेकिन हर रंग थोड़ा कम पड़ ही जाता। उसके लिए अरनव इतना खास जो हो गया था। वो सिर्फ एक ख्वाव था, एक अरमान था पर वो ख्वाव, वो अरमान हकीकत बन गया था जो जल्द ही उसके सामने आयेगा। जी भर कर देखेगी वो उसे। उसे भी तो इंतजार है अरनव को सामने देखने का। अच्छा ही हुआ जो अरनव ने उसे अपनी तस्वीर नहीं भेजी। एक काम तो मिला उसे कोरोना बेरोजगारी के दौर में। और वो काम था ख्यालों में उसका चेहरा देखना। हर बार मिटा देना और फिर नए सिरे से एक और कोशिश करना।

'गुड मार्निंग!' एक स्माइली के साथ उसने मैसेज सेण्ड किया।

'गुड मार्निंग! हो गयी आपकी सुबह।'

'जी जनाब!'

'क्या हो रहा था?' अरनव ने पूछा।

'गुफ्तगू!'

'किसके साथ!'

'मेरी और मेरे ख्यालों की!'

'जरा हम भी तो सुने ऐसी क्या बात हो रही थी?'

'यही कि मेरे ख्यालों को आपकी तलब है और मुझे चाय की!'

'तो मैं आ जाता हूँ। तुम्हारे ख्याल और तुम्हारी दोनों की तमन्ना पूरी हो जाएगी!'

'वो कैसे?'

'वो ऐसे मेरी जान कि मैं चाय बहुत अच्छी बनाता हूँ।'

'सोच लीजिए, एक बार आ गये तो आप वापस नहीं जा पाओगे, मैं चाय की बहुत शौकीन हूँ।'

'मुझे वापस जाना भी नहीं, तुम चाय पीना और मैं निगाहों से तुम्हें!'

'. . . . . .'

'क्यूं चुप क्यों हो गयी? ये ब्लैंक मैसेज किसलिए?'

'क्योंकि कुछ अहसास कहे नहीं जाते, जिए जाते हैं और आज की ये सुबह अहसास से परे बहुत खास है। यूं लग रहा है कि जैसे किसी ने मेरे अंतर्मन में हजारों सितारों की रोशनी भर दी है और मैं आलोकित होती जा रही हूँ। ये अहसास मुझे असीम प्यार में डूबो दे रहा है और मैं गहराई में उतरती जा रही हूँ। आपका प्यार मुझे पूर्ण होने का अहसास दे रहा है। अरनव, आज तक मैंने जो कभी अनुभव नहीं किया वो प्यार आज मेरी रग–रग में बह रहा है और बस अब 'आपको...।'

'आपको क्या...?'

'कुछ नहीं!'

'बोलो ना!'

'अब बस आपको देखने की तमन्ना है।'

'हा . . हा . . हा' अरनव का मैसेज आया।

'हँस क्यों रहे हो?'

'मैडम, वो इसीलिए क्योंकि अगस्त में मिलने का डिसीजन तो आपका है, मैं तो कल आने को तैयार हूँ।'

'नहीं, अगस्त ठीक है।'

'चलो इस बार मैं तुम्हारी बात मानता हूँ पर हम कहाँ मिलेगें, कैसे मिलेंगे, ये मैं डिसाइड करूंगा।'

'क्यों?'

'अरे तुम घबरा क्यों रही हो, तुम्हें सताने का कोई इरादा नहीं है।'

'मतलब शराफत बाकी है आपमें!'

'बिल्कुल नहीं, शिकार को जाल तक लाने का ये मेरा तरीका है।'

'कभी–कभी तो आपसे डर लगता है।' सोनल घबरा सी गयी।

'डरना भी चाहिए, कही मैंने तुम्हें धोखा दे दिया तो।'

'अरनव, कभी ऐसा नहीं करना।'

'मैं कुछ भी कर सकता हूँ।'

सोनल की आँखों से आंसू बह चले। अरनव कहीं सच तो नहीं कह रहा। अगर उसने सचमुच धोखा दे दिया तो? अरनव के बारे में कुछ भी नहीं जानती, ना घर का पता और ना उसकी पोस्टिंग के बारे में जानकारी। वो सिर्फ एक

मोबाइल नम्बर ही तो है। ये नम्बर खत्म तो उसका रिश्ता भी खत्म और उसके साथ खत्म हो जायेगा उसका प्यार भी। कितना प्यार हो गया है उसे अरनव से, कहीं वो उसे सचमुच धोखा तो नहीं दे देगा। गहरी सोच में घिर गई सोनल और मैसेज करना ही भूल गई।

तभी अरनव का कॉल आया।

'हैलो!'

'क्या हुआ नन्दू, तुमने मैसेज का जबाव क्यों नहीं दिया, मैं मजाक कर रहा था यार। मैं तुम्हें कभी धोखा नहीं दूंगा। मुझे तुमसे बहुत प्यार है और हाँ एक बात का हमेशा ध्यान रखना... मेरे दिल में तुम बस गयी हो अब मैं दुनिया से रूखसत हो सकता हूँ पर तुम मेरे दिल से नहीं। मैंने सिर्फ तुम्हें सताने के लिए यूं ही बोल दिया था 'सॉरी'।'

'अरनव, प्लीज ऐसा फिर कभी मत कहना आप नहीं जानते एक मिनट में मैं क्या–क्या सोचने लगी थी और आप ये हमेशा मरने–मारने की बातें क्यों करते हो?'

'फौजी हूँ यार, जान हथेली पर लेकर घूमता हूँ, मुझे मौत से डर नहीं लगता और बोला ही तो है ना, मर तो नहीं गया ना।'

प्लीज आपको मेरी कसम फिर कभी मरने की बात नहीं बोलोगे मैं आपके बिना जीने की सोच भी नहीं सकती।'

'इतना प्यार करती हो मुझसे!'

'आपकी सोच से भी ज्यादा!'

'तुमने मुझे देखा नहीं, मेरे बारे में ज्यादा जानती नहीं, इतने बड़े श्रीनगर में मैं कहाँ हूँ तुम्हें पता नहीं, फिर भी प्यार?'

‘हाँ, मुझे सोल्जर्स अच्छे लगते हैं। अगर आप कोई डॉक्टर, इंजीनियर या किसी और प्रोफेशन में होते तो मैं पहले दिन ही आपको ब्लॉक कर देती पर इण्डियन आर्मी सुनकर ही आपसे बात करने का जी चाहा। बातों–बातों मे प्यार हो गया और अब वो इतना बढ़ गया है कि आप ही आप हो।’

‘और कितने सोल्जर्स को जानती हो जिनसे तुम्हें प्यार है।’ अरनव ने छेडा उसे।

‘दो और!’ सोनल मुस्कुरा कर बोली।

‘क्या!’ अब चौंकने की बारी अरनव की थी।

‘जी हाँ, दो और हैं जिन्हें मैं प्यार करती हूँ, उन्हें भी मैंने नहीं देखा है पर प्यार बेशुमार है।’

‘अरे यार, तुम तो हार्ट अटैक कराओगी, कौन है वो, कहाँ से हैं, कब मिली, मुझसे ज्यादा प्यार करती हो उनसे?’ अरनव ने सवालों की झड़ी लगा दी।

‘रूकिये–रूकिये जनाब, बताती हूँ आप के अलावा वो दोनों इस दुनिया के नहीं है।’

‘भूत है क्या?’

‘नहीं!’

‘फिर कौन है बताओ ना!’

‘मैं जिनकी फैन हूँ वो है महाभारत के कर्ण और दूसरा ‘आर्म्स एण्ड द मैन’ का ब्लंटशली।’

‘ओह, सच में पागल हो तुम।’ अरनव हँस कर बोला।

'बिल्कुल, जानते हो रश्मिरथी और मृत्युंजय में जो कर्ण के बारे में बताया उसे पढ़कर किसी को भी कर्ण से प्यार हो जायेगा और ब्लंटशली तो मुझे कैसा नजर आता है बताऊँ!'

'हम्म!'

'आपके जैसा!'

'मेरे जैसा, क्या बात है, लेकिन कैसे?'

'वही क्यूट सा नाम, डेयरिंग एटीट्यूड, डैशिंग पर्सनलटी और थोडा सा रयूड!'

'ओह तो तुम्हें मुझसे प्यार इसीलिए हुआ कि मैं एक सोल्जर हूँ।'

'हाँ मेरे ब्लंटशली, मुझे देशभक्त, जांबाज, अपने उसूल के पक्के, वादे के सच्चे लोग पसंद हैं और वो सारी क्वालिटीज आपमें हैं लेकिन प्यार सिर्फ इसीलिए नहीं हुआ मुझे। प्यार आपसे बिना किसी रीजन के हुआ। प्यार को प्यार की तरह किया, व्यापार की तरह नहीं कि ये क्वालिटी है तभी प्यार करूंगी। आपने न जाने कब मेरी रूह को छू लिया, दिल में वो हलचल मचा दी कि आपकी तरफ खिंचती चली गयी और एक बात बोलूं!'

'हाँ!' अरनव को उसकी बातों मे बहुत मजा आ रहा था। शायद वो पहली बार इतना खुल कर बात कर रही थी।

'और उस पर आपकी आवाज तो गजब है।आप जब धीमे से बोलते हो तो बहुत गहराई नजर आती है आपके स्वर में। और एक बात बोलूं?

'आज तो नन्दू बस तुम बोलती जाओ, तुम्हारी बातें तो मुझे दीवाना बना रही हैं।'

सोनल हंसने लगी।

'बस इतना और बोलना है कि आप . . . मुझे . . . बहुत . . . अच्छे . . . लगते हो।'

'सच में!'

'हाँ कहा ना, बहुत प्यार है आपसे, बहुत . . बहुत . . बहुत!'

'सच में नन्दू ऐसा लग रहा है कि आज तुम मेरे सामने होती तो तुम्हें कस के गले लगा लेता और कभी खुद से जुदा नहीं होने देता।'

हँस पड़ी सोनल 'पर अभी तो जुदा होने का वक्त आ गया, मुझे चाय जो पीनी है, किचन बुला रहा है।'

'आज तुम चाय छोड़ो, मुझसे बातें करती रहो, तुम्हारी बातें भी तुम्हारी तरह हैं, क्या वर्ड यूज करती हो तुम? हाँ याद आया– किलर है तुम्हारी बातें!'

'नहीं, अभी मैं बैड से उठी भी नहीं हूँ, लेटे–लेटे ही आपसे बातें कर रही हूँ।'

'तो मैं आ जाता हूँ ना तुम्हारे बैड पर . . लेटे–लेटे . . तुमसे बात करने के लिए।'

'कुछ भी!' सोनल शर्माते हुए बोली 'बहुत बेशर्म हो, अब बाय!'

'ओके बाय माई लव!' अरनव हँसते हुए बोला। अरनव ने फोन कट किया और अपनी नन्दू के ख्यालों में खो गया और सोनल अरनव के ख्यालों से बाहर आकर दूसरे कमरे में सो रहे पल्लव को जगाने पहुंच गयी।

....

अरनव के पहले मैसेज से अब तक हुयी हर बात को सोचते हुए कब दोपहर के तीन बज गये पता ही नहीं चला।

प्यार में बेताबी कितना तड़पाती है ना, सोनल का वश चलता तो वो दिन–रात अरनव से बातें करती रहे। लेकिन उसकी छुट्टियाँ चल रही हैं पर अरनव की तो नहीं। उसने अपनी ड्यूटी के बारे में सोनल को कुछ नहीं बताया था। बस वो इतना समझ पायी थी कि वो एक स्पेशल फोर्स कमाण्डो है। इसके अलावा उसको कुछ भी नहीं पता था पर अरनव का इण्डियन आर्मी को लेकर जुनून सोनल को दिल की गहराई तक छू जाता था। सोनल सोचती रही कि ये लोग इतने समर्पित हैं देश के प्रति इसीलिए ही तो हम सुरक्षित हैं। मन खिल उठा था सोचते–सोचते। उसने देखा अरनव का लास्ट सीन व्हाट्स अप पर ग्यारह बजे का था तो सोनल ने मैसेज करने की बजाय फोन लगा दिया। अरनव ने फोन उठाया–

'जय हिंद जनाब!'

सोनल चौंक गयी क्या गलत नम्बर लग गया या अरनव मजाक में बोल रहा है।

'हैलो! मैं बोल रही हूँ।'

'जी जनाब, मैं पहचान गया।'

'आपको क्या हुआ?'

'जी कुछ नहीं सर, हम लोग गाड़ी से श्रीनगर बार्डर की तरफ जा रहे हैं, मैं अपने कॉमरेड्स के साथ हूँ।'

अब सोनल को सारी बात समझ आ गयी। उसे लगा ये अच्छा मौका है अरनव को सताने का। उसने शरारत से बोला–

'आई लव यू!'

'जी!'

'आई लव यू!'

'जी जनाब!'

'आई लव यू टू बोलो ना!'

'दैट्स नॉट पॉसिबल जनाब!'

'मुझे अभी आपसे किस चाहिए वरना फिर कभी नहीं!'

'क्या?'

'जो आपने सुना!'

'इट्स ड्यूटी ऑवर सर, मैं पर्सनली आकर आपसे मिलता हूँ, फिर देता हूँ सर!'

'नहीं, मुझे अभी चाहिए!'

'जी सर, फोन रखता हूँ, जय हिंद सर!'

फोन रखते ही मैसेज आया अरनव का–

'तुम्हें मैं आज बताता हूँ'

'क्या बताएंगे, एक किस ही तो मांगा!'

'रात में फोन करता हूँ, फिर देता हूँ ना!'

'जी नहीं, मुझे रात में आपसे बात ही नहीं करनी!'

'नहीं, आज तो करनी ही पड़ेगी, आज तुम्हें अच्छे से किस देना है ना मुझे!'

'नहीं करनी बात रात में, रात में आपकी बातें अलग मोड़ ले लेती हैं!'

'तो क्या, दिन में मैं सुधरा रहता हूँ!'

'अभी तो शरीफ नजर आ रहे हो!'

'क्योंकि गाड़ी में बाकी और भी लोग हैं। और मैं कोई ड्रेक्यूला नहीं हूँ जो सिर्फ रात में शिकार करता है!'

'तो कौन हो?'

'अरनव राणा... जो तुम्हें छोडने वाला नहीं है!'

'मैं फोन ही अटैण्ड नहीं करूंगी!'

'तुम्हें करना पड़ेगा!' जिद अरनव की आवाज में ही नहीं उसके मैसेज में भी समझ आती थी।

'और नहीं करूं तो!'

'तो मैं फोन करता ही रहूंगा रात भर और आज तुम मेरा बदला देखना, अभी बाय... हम डेस्टीनेशन पर पहुंचने वाले हैं।

'अरनव एक फेवर करोगे?' ना जाने क्या सोचकर सोनल ने मैसेज किया।

'हाँ, बोलो क्या?'

'हमारी चैट को प्लीज डिलीट कर दिया करो!'

'क्यों... हम कोई मर्डर प्लानिंग कर रहे हैं क्या?'

'नहीं, पर फिर भी!'

'मुझे पता है मैडम, मैं तुम्हारी चैट्स को पहले से ही डिलीट कर देता हूँ ताकि कोई पढ़ न सके, रूको स्क्रीन शॉट भेजता हूँ।'

सोनल को आज एक बार फिर महसूस हुआ जैसे अरनव उसके दिल की हर बात समझता है। सोनल ने अरनव का स्क्रीनशॉट देखा तो चौंक गयी। अरनव ने उसका नम्बर नन्दन सर के नाम से सेव किया है।

'आपने मेरा नम्बर नन्दन सर के नाम से क्यों सेव किया है?' उसने मैसेज भेजा।

'क्योंकि मैं नहीं चाहता कि किसी को तुम्हारे बारे में पता चले कि मेरी कोई गर्लफ्रेण्ड है।'

'हाँ, और वो भी मैरिड!' सोनल को लगा कुछ तो गलत है।

'नहीं, मुझे इससे कोई फर्क नहीं पड़ता कि तुम सिंगल हो या मैरिड। बस इतना पता है तुम वो हो जिसे मैं बहुत प्यार करता हूँ। चलो बाय पहुंच गया हूँ। रात को फोन करता हूँ।'

'बाय!'

....

अरनव ने मेरा नम्बर अपने सर के नाम से क्यों सेव किया है? कहीं उसे कोई शर्मिन्दगी तो नहीं कि वो जिससे प्यार करता है वो शादीशुदा है और क्या पता वो उसे सच में प्यार करता भी है या नहीं? कहीं वो सिर्फ टाइम पास तो नहीं कर रहा?

'तो तू क्या कर रही है उसके साथ?' मन में एक आवाज गूंजी 'क्या ये टाइम पास नहीं है'... अपने ही ख्याल से सोनल सहम गयी। अरनव से उसका जुड़ाव क्यों है। उसका कारण क्या है? अकेलापन, मन का सूनापन या कुछ और? रोहन के जाने के बाद वो अकेली रह गयी और उसी दिन से अरनव के मैसेज आने शुरु हुए थे तो क्या रोहन की खाली जगह पर उसने अरनव को बिठा दिया था?

या ये वो सूनापन है जिस अपनेपन के लिए वो हमेशा तरसती थी। बचपन से सब कुछ था उसके पास पर मन का कोना किसी के प्यार के लिए तरसता था।

सोनल निर्णय नहीं कर पा रही थी पर उसकी गहरी सोच उसकी सच्ची साथी थी। मन में चल रहे द्वंद को पूरी

तरह समझना चाहती थी वो। अरनव पर इल्जाम लगाने से पहले खुद को कठघरे में खड़ा कर लिया था उसने। सोनल की एक आदत थी जब भी वो किसी द्वन्द में फंसती तो वो क्वोरा या किसी किताब का सहारा लेती और उसे उसका उत्तर जरूर मिलता था। आज भी उसने क्वोरा खोला। पहला सवाल ही जैसे उसके लिए था 'आपकी लव लाइफ कैसी है और उसका कारण क्या है?' धड़कन बढ़ गयी, लगा जैसे उसने ही ये सवाल पूछा हो। उत्तर देखने से पहले उसने गहरी सांस ली, आँखें बंद कर ली, मन ही मन बोली 'हे भगवान, जो भी लिखा होगा, वो आपका ही जबाव होगा, मेरे दिल की हर बात आप जानते हो, प्लीज मुझे मेरे ही दिल की बात समझने में मदद करो।'

उत्तर लिखा था अपने पास रखी बुक उठायें, पेज नम्बर उनहत्तर खोलें पहली लाइन ही आपकी लव लाइफ बतायेगी। सोनल किताबों की शौकीन थी। उसके पास टेबल पर 'साइन ऑफ इक्क्षवाकू' रखी थी। उसने धड़कते दिल से पेज खोला और जबाव पढ़ते ही खुशी के आँसू बह चले। जो जबाव वो अब तक तलाश रही थी वो सामने था। उस पेज पर लिखा था– भरत स्माइलड 'वाय द ग्रेस ऑफ लार्ड रूद्र' (भरत मुस्कुराये 'प्रभु रूद्र की कृपा से')।

अब समझ आया अरनव के लिए उसका प्यार न अकेलेपन के कारण था न सूनेपन के कारण। वो सिर्फ प्यार था, विशुद्ध प्यार। कुछ नहीं चाहिए था उसे अरनव से, सिवाए इसके कि वो उसे टूट कर चाहे। उसे यूं गले लगाए कि उन बांहो के घेरे से वो खुद को कभी आजाद न करा पाये। वो उसके माथे को यूं चूम ले कि सोनल का रोम–रोम खिल उठे, वो उसकी आँखों में यूं देखे कि सोनल और खूबसूरत हो जाये। उसकी आँखें शर्म से बोझिल हो जायें, धड़कने बढ़ जायें। वो, वो न रहे, अरनव बन जाये। प्यार तो

सच्चा वही है ना जब प्रेमी दो नहीं रहते, एक हो जाते हैं। तभी तो कहते हैं ना 'प्रेम गली अति सांकरी, तामै दो ना समाही'।

अरनव! मैं आपसे बहुत प्यार करने लगी हूँ। मैं प्यार की इस गहराई को आज महसूस कर पा रही हूँ। मुझे हमेशा से सच्चे प्यार की तलाश थी, लगता था कि हकीकत में सच्चा प्यार नहीं मिलता, वो सिर्फ किताबों में होता है पर मैं अब वही प्यार करूंगी आपसे, जो आज है, कल होगा और हमेशा रहेगा और यही है मेरा वाला प्यार। नहीं जानती आप मुझसे उतना प्यार करते हो या नहीं पर फिर भी मैं इस प्यार को अपने दिल से कभी कहीं जाने नहीं दूंगी। ये प्यार किसी खास कारण से मेरी जिन्दगी में आया है और वो कारण सिर्फ आप हो, आप प्यार की परिभाषा मुझे समझाने आये हो। आज से मेरे लिए प्यार का मतलब अरनव और अरनव का मतलब है प्यार। वो समझ गयी कि अरनव उसके दिल, दिमाग, आत्मा में बस चुका है। वो ऐसे प्रेममय हो गयी जिसका रोम–रोम इश्क की रोशनी से चमक उठा है। ये सब सोचते ही सोनल के चेहरे पर चमक, हँसी और खुशी एक साथ निखर–बिखर गयी।

वो रात का इंतजार करने लगी जब अरनव उसे फोन करेगा और वो बता पायेगी ये प्यार अब उसके लिए सिर्फ प्यार नहीं है, इबादत बन चुका है। अरनव उसके दिल के तख्त पर बैठा उसका खुदा है। हम जब किसी शख्स को शिद्दत से प्यार करते हैं तो उस इन्सान में हमें खुदा नजर आता है, और सोनल तो है ही प्रेम दीवानी।

रात के ग्यारह बजने में कुछ मिनट बाकी थे। पल्लव को उसके कमरे में सुला कर सोनल ने अपने कमरे की लाइट बन्द कर दी और अरनव के फोन का इन्तजार करने लगी। टाइमपास के लिए उसने टी.वी चला लिया था। चैनल

बदल ही रही थी कि 'गजब का है दिल सोचो जरा . . . ' फोन की रिंग बजी और सोनल के दिल की धड़कने तेज हो गयी। आजकल सिर्फ अरनव का ख्याल ही नहीं, उसका नाम तक सोनल का दिल धड़काने लगा है।

'हैलो!' धीमी सी आवाज में सोनल ने बोला।

'हाय जान, सुनो तुम्हें एक गाना सेण्ड कर रहा हूँ, उसे सुनो फिर कॉल बैक करता हूँ।' अरनव शायद किसी जल्दी में था।

फोन कट चुका था। यूट्यूब लिंक थी। सोनल ने देखा तो सोचा ये तो उसका सुना हुआ गाना है चलो फिर भी सुनकर देखते हैं। आयुष्मान खुराना का फीट था।

'मेरे दिल के लिफाफे में तेरा खत है जानियां

नाचीज ने कैसे पा ली किस्मत ये जानियाँ वे

तू नज़्म–नज़्म . . . .'

सोनल ने अब तक औरिजनल सॉग ही सुना था पर आयुष्मान की आवाज अल्टीमेट थी। हर शब्द जैसे अरनव के दिल का हाल बयां कर रहा था। रात का शमां, हेड फोन पर ये गाना और अरनव का ख्याल, ये कॉम्बीनेशन उसका फेवरेट हो चला था। गाना दो बार सुन चुकी थी, तभी अरनव का दोबारा कॉल आया।

'हैलो!'

'यार तुम्हारी हैलो ही मेरी जान ले लेती है। सोचता हूँ जब तुम्हें हग करूंगा तो ना जाने बन्दे का क्या होगा!'

'कुछ भी . . .!' शरमा गयी थी सोनल।

'कुछ भी क्या, हाल–ए–दिल बता रहा हूँ!'

'अच्छा जी!'

'जी हाँ, और तुम हो कि समझने की कोशिश ही नहीं करती!'

'सब समझती हूँ मैं, पहले ये बताइये गाना सेण्ड करके कहाँ गायब हो गये थे?'

अरनव हँस पड़ा, बोला 'ये गाना तो मैंने सुबह ही सिलेक्ट करके रखा था तुम्हें सुनाने के लिए। जब मैंने ये सुना तो लगा हर शब्द जैसे तुम्हारे ही लिए है।'

'मैं फकीर तेरे कुर्बत का तुझसे तू माँगू रे . . . ' वो गाने लगा।

'क्या बात है, आपकी आवाज तो आयुष्मान को टक्कर दे रही है . . .।'

'आवाज छोड़ो, फीलिंग्स बताओ, वो दिल से दिल तक पहुँच रही है या नहीं!' अरनव ने ये पूछ दिल के सारे तार छेड़ दिए थे।

'हाँ!'

'क्या हाँ, अच्छे से बताओ ना।'

'जी हाँ, आपकी फीलिंग्स मुझे दिल तक महसूस हो रही है और आज के बाद जब भी ये गाना सुनुंगी तो हमेशा आँखें बंद कर, आपको याद करके सुना करूंगी।'

'गुड गर्ल, अब मेरी बात सुनो, सुनोगी ना?'

'हाँ!' अब वो अरनव से बात करने में घबरा रही थी, सुबह की उसकी धमकी सोनल को याद जो आ गयी थी।

'तुम मुझे प्यार करती हो और मैं तुम्हें, राइट?'

'राइट!'

'तुम मुझे चाहती हो और मैं तुम्हें, राइट?'

'राइट!'

'तुम मुझे देखना चाहती हो और मैं तुम्हें मिलना, राइट?'

'राइट!'

'तुम मेरे लिए बेकरार हो और मैं तुम्हारे लिए, राइट?'

'राइट!'

'तुम मुझे किस करना चाहती हो और मैं तुम्हें, राइट?'

' . . . . '

'हाँ!' अरनव शरारत के मूड में था 'मुझे सुनाई नहीं दिया!'

'मैंने कुछ कहा ही नही।' सोनल धीमे से बोली।

'तो अब कह दो ना – राइट!'

'राइट . . . पर अभी जब हम मिलेंगे तब ही आप मुझे किस कर सकते हो!'

'क्यों तड़पाती हो यार? जैसे हर चीज ऑनलाइन हो गयी है, वैसे ही किसिंग भी ऑनलाइन हो सकती है, तुम महसूस करके तो देखो। मेरे होंठ तुम्हें अपने होठों पर महसूस होंगे, मेरी गर्म सांसें तुम्हें खुद में घुलती हुयी सा लगेगी, मेरी बांहो के घेरे तुम्हें कमर के चारों ओर महसूस होंगे और मेरी और तुम्हारी धड़कने तुम्हें कानों तक सुनाई देंगी। बस एक बार मुझे अपने करीब आने दो!'

सोनल के लिए जैसे उसका हर शब्द, शब्द नहीं, खुद अरनव था जिसे वो महसूस कर पा रही थी। यूं लगा जैसे अरनव ने सचमुच उसे छू लिया और उसका अंग–अंग खिल उठा, धड़कनें भागे जा रही थीं और वो सुध–बुध खोती जा

रही थी। आँखें बंद किये वो अपनी ही कल्पनाओं में अरनव के बेहद करीब आ गयी जहाँ अरनव उसे चूम रहा है और वो उसमें समाती जा रही है। कुछ पल की खामोशी छा गयी।

'नन्दिनी!'

'हम्म!' सोनल खुद पर से अपना काबू खो चुकी थी, बन्द पलकों में वो अब भी अरनव के करीब थी।

'अब मैं तुम्हारे बिना नहीं रह सकता!'

सोनल ने धीमे से पलकें खोली, मोहब्बत का एक वो हसीन पल अरनव के साथ जीकर, दोबारा इस दुनिया में वो वापस आ गयी। अरनव के करीब होने का अहसास अभी भी उसकी सांसों में इत्र सा महक रहा था, सुर्ख होते गाल उसकी मोहब्बत की कहानी गुनगुना रहे थे। उसकी कल्पनाओं को छेड़ने वाला स्वर झंकृत हो उठा, ये अरनव की आवाज थी।

'नन्दू, मैं सच में तुम्हारे बिना नहीं रह सकता, तुम्हारी हर बात, हर शब्द, हँसी, तुम्हारा मुस्कुराता चेहरा, तुम्हारा हाँ कहने का अंदाज, तुम्हारी मेरे लिए चाहत और साड़ी में लिपटी सब्जपरी सी तुम, सब कुछ मुझे सौंप दो। नन्दू, बस मेरी हो जाओ ना। तुम नहीं जानती तुमसे कितना प्यार हो गया है, नन्दू प्लीज सब कुछ छोड़कर मेरे पास आ जाओ ना! मैं तुम्हें बहुत–बहुत खुश रखूंगा, तुम बस आ जाओ। बहुत तन्हा हूँ मैं, बस एक बार मेरी जिन्दगी संवार दो' कहते कहते अरनव की आँखें भर आयीं। उसके प्यार का सबूत था ये।

सोनल का जी चाहा कि इस मौके पर वो अरनव को अपनी बाहों का सहारा दे दे, आँसू पोंछ कर ये कह दे 'अरनव मैं सिर्फ तुम्हारी हूँ।' पर वो ये कह नहीं पायी,

जानती थी चाहें वो दोनों एक–दूसरे से कितना भी प्यार करें, ये मोहब्बत कभी मुकम्मल नहीं हो सकती। वो दोनों मंदिर के उन दो स्तम्भों की तरह हैं जो साथ हैं, जिस पर मोहब्बत की छत टिकी है, पर वो कभी एक साथ नहीं हो सकते।

सोनल सिर्फ उतना कह पायी–

'आई लव यू अरनव, आई लव यू वैरी मच!' भावनाओं का ज्वार अरनव को अभी भी जकड़े था। वो खामोश बैठा था। मालूम उसे भी था उनका मिलन संभव नहीं पर उसने फिर भी एक बहुत बड़ी चाहत पाल ली थी इश्क की। वो भी एक ऐसे शख्स से जो किसी और की अमानत है। इश्क तो ऐसा ही होता है ना – अनगिनत आहें, बेहिसाब आंसू, बेइंतहा दर्द, और एक झलक को तरसती निगाहें। काश उसकी नन्दिनी उसे शादी से पहले मिली होती तो वो उसे हमेशा–हमेशा के लिए अपनी बाहों में कैद रखता, कभी उसे आँखों से ओझल नहीं होने देता पर शायद किस्मत को ये मंजूर नहीं था।

घड़ी की सुइयां आगे बढ़ती जा रही थी और दोनों खामोश बैठे थे। न अरनव के पास कोई शब्द थे ना सोनल के पास बातें। पर दोनों के पास जो एक चीज कॉमन थी, वो थे उनके आंसू

'अरनव!' सोनल ने कहा

' . . . . . '

'अरनव!'

'हम्म!'

'एक बात बोलूं?'

'हाँ!'

'एक कमाण्डो रोते हुए अच्छा नहीं लगता!'

'हम्म!' अरनव बहुत शांत था।

'हम्म क्या? सुनो, क्या मुझे हग नहीं करोगे, जैसे ऑनलाइन किस, वैसे ही ऑनलाइन हग?'

'नहीं करना!'

'क्या हुआ अरनव? बोलो ना!'

'बोला ना कुछ नहीं!'

'आपको मोदी जी की कसम!'

अरनव जोर से हँस पड़ा। उसकी मैडम पर प्यार का रंग गहरा चढ़ता जा रहा है। इसी हँसी के साथ उसकी उदासी भी दूर हो गयी।

'हे नन्दू, एक आइडिया है!'

'क्या?'

'क्यों न मैं तुम्हारे हसबैण्ड को मार डालूं?'

'पागल हो क्या?' सोनल डर गयी 'क्या बोल रहे हो आप?'

'यही कि तुम्हारे हसबैण्ड का मर्डर कर दिया जाए तो!'

'अरनव फोन रखिए, मुझे इसके आगे कुछ नहीं सुनना!' सोनल गुस्से से बोली।

'अरे यार, मजाक कर रहा हूँ, मैं अपनी जान की जान को कैसे मार सकता हूँ? बट यार, द ट्रूथ इज दैट आई हेट यॉर हसबैण्ड। आइ डोन्ट लाइक हिम!' अरनव हँस कर बोला

सोनल को ये सुनना भी अच्छा नहीं लग रहा था। वो चुप हो गयी।

'नन्दू!'

'हाँ!'

'यार मज़ाक कर रहा हूँ!'

'ये भी कोई मजाक हुआ।'

'अच्छा बाबा कभी ऐसा मजाक नहीं करूंगा, आइ प्रॉमिस, आइ लव योर हसबैण्ड, आई लाइक हिम वैरी मच और कहो तो उनकी पप्पी भी ले लूं!' अब तो खुश हो ना!'

हँस पड़ी सोनल, सोचने लगी शब्दों का जादूगर है ये शख्स। पलक झपकते ही किसी को भी अपना दीवाना बना सकता है।

सोनल को जैसे कुछ याद आया, बोली 'आपने मुझे गाना सेण्ड कर जल्दबाजी में फोन क्यों रख दिया था। कुछ जरूरी काम था क्या?'

'वो . . . हाँ यार, मम्मा को फोन करना था, जब तक रात में सोने से पहले उन्हें फोन नहीं कर लेता, वो सोती नहीं हैं।'

'लगता है बहुत प्यार करती हैं आपकी मम्मा आपको!' सोनल ने सोचा, चलो अब तो अरनव का मूड ठीक हुआ।

'हाँ यार, बहुत चिंता करती है वो मेरी, बहुत शरारती रहा हूँ ना बचपन में मैं। सोने से पहले फोन करता हूँ और सुबह उठते ही उन्हें एक व्हाट्स अप मैसेज छोड़ देता हूँ, उस वक्त फोन नहीं करता। यहाँ मैं जल्दी उठता हूँ और वहाँ वो आराम से। पर इस बात का उनको पता रहता है कि मैं कब सोया, कब उठा, क्या—क्या किया, छोटे—छोटे मैसेज

भेजता रहता हूँ। मुझे लेकर बहुत इमोशनल हैं वो और तुम तो जानती हो हिन्दुस्तान में दो ही चीजें सबसे ज्यादा इमोशनल हैं– एक माँ और एक सिनेमा . . .!'

'क्या आप . . . कुछ भी!' हँस पड़ी सोनल।

'कुछ भी क्या . . जो सच है तो सच है!'

'और आपके डैडी?'

'डैडी की मत पूछो, पूरे गब्बर सिंह है। मेरी और उनकी एक अलग ही मोहब्बत चलती रहती है।' हँसते हुए बोला अरनव।

'मतलब!'

'रूको सुनाता हूँ उनके किस्से।'

तेरह साल पहले अरनव

डिंग डांग . . .' ये सुबह सुबह कौन आ गया?'

सुधांशू बाबू घड़ी देखते हुए बोले 'अभी तो सात बजे हैं। हो ना हो इस गधे की कोई शिकायत करने ही आया होगा!' दरवाजा खोलते ही देखा सामने असलम मियाँ खड़े थे।

'अरे आप असलम मियाँ इतनी सुबह, सब खैरियत तो है ना?'

'जी भाईजान', पर ये दोनों लड़के मुहल्ला छुड़वायेंगे... इनकी हरकतें दिन–ब–दिन बढ़ती जा रही हैं।'

'अब क्या कर दिया दोनों ने?'

'क्या बताऊं भाईजान, गली के मोड़ पर जो तिवारी जी हैं, रात से ही यूसूफ के पीछे पड़े थे कि वो उनके घर की घण्टी बजा कर भागा था। मैंने यूसूफ से प्यार से पूछा तो उसने बताया कि कल रात जब लाइट चली गयी थी तो अरनव और यूसूफ पूरे मोहल्ले के घरों की घण्टी बजा कर भाग गये थे और आपको तो पता है भाईजान, मोहल्ले में कुछ भी गड़बड़ हो तो इन दोनों का नाम सबसे पहले आता है, अभी तो सिर्फ तिवारी जी शिकायत करने आये हैं। अब पूरे दिन यही सिलसिला चलेगा, मैंने सोचा आपको इतल्ला कर दूं तो ठीक रहेगा।'

'आपने ठीक किया असलम, मैं देखता हूँ इस अरनव को।'

'चलिए भाईजान फिर मिलते हैं खुदा हाफिज!'

'खुदा हाफिज असलम!'

दरवाजा बन्द करते ही गुस्सा सुधांशू बाबू के चेहरे पर देखा जा सकता था।

'अरनव!' वो जोर से चिल्लाये।

'जी क्या हुआ?' अरनव की माँ अमिता दौड़ती हुयी आयीं।

'है कहाँ तुम्हारा लाडला!' गुस्से से बोले अरनव के डैडी।

'पर हुआ क्या है?, अभी वो घर पर नहीं है, सण्डे है तो सुबह ही दोस्तों के साथ क्रिकेट ग्राउण्ड गया है।' उन्होंने बताया।

'ठीक है उसके आते ही सबसे पहले मेरे कमरे में भेजना।'

'ठीक है जी, भेज दूंगी पर आप मिजाज थोड़ा ठण्डा रखिए।'

'कहे देता हूँ अमिता, इस लड़के को मैं आर्मी में भेज दूंगा, वहीं जाकर इसका दिमाग ठिकाने लगेगा।'

अरनव के पिता थोड़े गुस्से वाले जरूर थे पर अरनव से बहुत प्यार करते थे। सब सहन था उनको पर जब कोई उसकी शिकायत करता तो गुस्से से लाल–पीले हो जाते थे। बैंक में असिसटेण्ट मैनेजर थे। अरनव की माँ एक हाउसवाइफ थी। एक ही बेटा था उन दोनों को अरनव, जिसका निकनेम मोहल्ले वालों ने 'तूफान एक्सप्रेस' रख दिया था और उसका इंजन था यूसूफ– असलम और सलमा का बेटा। दोनों जय–वीरू थे। एक के बिना दूजे को चैन नहीं। शरारतों में अरनव गुरू, यूसूफ चेला। अदब, सलीके में यूसूफ समझदार और अरनव उसका शार्गिद।

ठीक आठ बजते ही अरनव और यूसूफ की आवाज आने लगी। अमिता समझ गयी और यूसूफ को उसके घर भेज

दिया और अरनव को पास बुला कर पूछा 'अरनव, कल तुमने कुछ बदमाशी की थी?'

'नहीं मम्मा!' अरनव बहुत ही मासूमियत से बोला अरनव इतना मासूम और प्यारा लगता था कि माँ तो उस पर निहाल रहती और उसके आसानी से बोले जाने वाले झूठ पर भी विश्वास कर लेती।

'पर बेटा, डैडी बहुत गुस्से में बैठे हैं। असलम भाई आये थे, उन्होंने बताया कि तुम और यूसूफ कल कुछ बदमाशी किये थे।'

'मम्मा, आपको अपने मासूम से, भोले–भाले, आज्ञाकारी अरनव पर भरोसा नहीं है क्या?' बातों का जादूगर था अरनव।

अमिता हँस पडी 'इतनी बातें लाता कहाँ से है, अब जा डैडी रूम में हैं।'

'अरे मम्मा आप भी चलो ना! मुझे पता है क्या बोलने वाले हैं, बोलेंगे अभी इस नालायक को आर्मी में भेजने वाला हूँ मैं!'

अमिता हँसी रोकते हुए बोली 'डैडी की नकल नहीं करते।'

'ठीक है मम्मा!' कहकर अरनव अपने डैडी के रूम में चला गया।

'आज फिर तुम्हारी शिकायत आयी है!' सिक्सटीज की फिल्मों के पिता की तरह सुधांशू जी बोले।

'डैडी मेरी कोई गलती नहीं है।' अरनव ने कहा।

'हाँ बेटा गलती तो उन लोगों की है जो घरों के बाहर घण्टी लगाते हैं। असल में घण्टी उन्हें घर के अंदर लगानी चाहिए ताकि तुम उन्हें बजा ना सको।'

'वाह डैडी, क्या आइडिया है!' अरनव शरारत से बोला।

'अरनव! मैं तुम्हें ये लास्ट वार्निंग दे रहा हूँ, अगर तुम नहीं सुधरे तो तुम्हें हॉस्टल भेज दूँगा और फिर वहीं से तुम आर्मी की तैयारी करना। समझ में आया कुछ या नहीं। अब तुम जा सकते हो।'

अरनव मुँह लटकाये वापस आ गया। माँ उसे ऐसे नहीं देख सकती थी तो पूछने लगी–

'क्या हुआ मेरे बेटे को!'

'कुछ नहीं!'

'बोल ना बच्चा!'

'मैने कहा ना कुछ नहीं!' अरनव अपने डैडी की तरह जिद्दी ही था।

'बोल नहीं तो अभी गुदगुदी कर दूंगी!'

'वही हर बार वाला डॉयलाग– आर्मी में भेज दूंगा। मुझे नहीं जाना आर्मी में, आई हेट आर्मी, मुझे आपसे दूर नहीं जाना मम्मा। मैं यहीं पढाई करके यहीं जॉब करूंगा।'

'ठीक है जो करना हो वो ही करना, अभी नाश्ता कर ले!'

'मुझे नहीं करना!'

'मेरा राजा बेटा, थोड़ा सा तो कुछ खा ले।'

'नहीं, मैं जा रहा हूँ यूसूफ के घर!' अरनव का गुस्से में एक ठिकाना रहता था, यूसूफ का घर और सलमा आण्टी के

हाथ का नाश्ता। दोनों एक ही मोहल्ले में रहते थे। दो जिस्म एक जान थे दोनों यार।

'यूसूफ!' अरनव ने उसके घर पहुंचते ही आवाज लगायी।

'अन्दर आ जा!' यूसूफ ने अन्दर से ही नाश्ता करते हुए बोला।

अरनव अंदर पहुंचते ही यूसूफ को लाल पीला होकर देखने लगा।

'यहाँ सुबह से कुछ खाया नहीं और तू पोहा–जलेबी उड़ाये जा रहा है।' अरनव ने उसके हाथ से प्लेट छीन ली... 'जा जाकर पानी लेकर आ मेरे लिए!'

'अरनव, तू हुक्म न बजाया कर!' यूसूफ गुस्से में बोला 'खुद जा पानी ला और अपना नाश्ता अलग से ले, मेरी प्लेट वापस कर।'

'अम्मी!' अरनव जोर से चिल्लाया, वो प्यार से सलमा को अम्मी ही कहता था।

'क्या हुआ अरनव, क्यों चिल्ला रहा है बेटा!' सलमा भी उसे बहुत प्यार करती थी।

'बहुत भूख लगी है!'

'हाँ तो नाश्ता लगा रही हूँ आपका। पोहा–जलेबी है, आपका फेवरेट। दूध साथ में दूं या बाद में लोगे!'

'अम्मी सारा कुछ एक साथ दे दो। वहाँ से डैडी का लेक्चर खा कर आ रहा हूँ।'

'बेटा ऐसे नहीं कहते, आप तो समझदार हो ना!'

सलमा की बातों में अदब रहता था 'चलो दोनों नाश्ता कर पढ़ने बैठ जाना!'

'ठीक है अम्मी!' दोनों एक साथ बोल उठे।

यूसूफ और अरनव पढ़ने में बहुत अच्छे थे। एक ही क्लास, एक ही सेक्शन और एक ही स्कूल। कभी अरनव फर्स्ट तो कभी यूसूफ, पर मजाल है कि कभी दोस्ती में बाधा पड़ी हो। अरनव की जान था यूसूफ। दसवीं की परीक्षा के बाद तीन लड़कों ने यूसूफ को कम लम्बाई के लिए भद्दे कमेण्ट कर दिये थे तो अरनव, जो यूसूफ से ज्यादा लंबा और गठीले शरीर का था, हॉकी लेकर तीनों को मार आया था। ये अलग बात है कि घर आकर उसे बहुत मार पड़ी थी पर खुशी इस बात की थी कि उसके बाद कभी भी किसी ने यूसूफ को कुछ नहीं कहा।

बारहवीं में एडमिशन के वक्त यूसूफ उत्साहित था और अरनव बहुत चिंतित। चिंता का कारण था उसके डैडी की बार–बार दी जाने वाली धमकी 'आर्मी में भेज दूंगा'। पूरा साल अरनव का एक तरह से टेंशन भरा रहा। क्लास में लेक्चर, कैण्टीन में स्नैक्स, फ्रैण्ड्स की गपशप, यहाँ तक कि कभी–कभी यूसूफ का साथ भी उसे फीका लगता जैसे कि किसी ने उसके मन की खुशी को बंधन में बांध दिया है और वो चाहकर भी उन्मुक्त नहीं हो सकता। बारहवीं के बाद अरनव बी कॉम आनर्स करके बैंक पी ओ का एक्जाम देना चाहता था जिससे वो डैडी की तरह बैंक ऑफीसर बन सके और हमेशा अपने घर पर सीधी–सादी सी जिन्दगी बिता सके। पर ये उसकी सोच थी और उसके डैडी ने ये महसूस किया था कि उसकी शरारतें उम्र के साथ बढ़ती ही जा रही थीं। उनको लगता था कि अरनव को सुधारना है तो उसे कड़े अनुशासन में रखकर एक निश्चित दिशा देनी होगी तभी उसकी एनर्जी का पूरा उपयोग होगा जो सिर्फ आर्मी के

अनुशासन से ही संभव है और इसीलिए आर्मी उनके लिए वेस्ट ऑप्शन था।

बारहवीं का फेयरवेल था। अरनव और यूसूफ बहुत खुश थे। दोनों ने साथ में ड्रैस सिलेक्ट की– ब्लू डेनिम जीन्स पर ब्लेजर। स्पोटर्स शूज, सन ग्लासेज। दोनों ही कमाल के लग रहे थे। स्कूल के ऑडीटोरियम में प्रोग्राम था। दोनों ने बहुत एन्जॉय किया। दोस्तों के साथ मस्ती, डांस, स्नेक्स के साथ गॉसपिंग। इतनी सारी खुशी के बीच अरनव अपने दुख को भूल गया और एक गलती कर बैठा। कुछ दोस्तों की जिद में उसने बियर पी ली। यूसूफ उस वक्त कहीं और व्यस्त था। अरनव ने पहली बार पी थी इसीलिए उसकी हालत खराब होने लगी। यूसूफ ने उसे संभाला और ऑटो में अपने घर ले आया। दरवाजा धीमे से नॉक किया उसने ताकि उसके अब्बू को पता न चल जाये। सलमा ने दरवाजा खोला, अरनव की हालत देखते ही समझ गयी कि क्या गड़बड़ है। उसे पता था कि ऐसे में क्या करना चाहिए जिससे अरनव को असलम और सुधांशू जी की डांट से बचाया जा सके।

'यूसूफ! आप अरनव को अपने कमरे में ऊपर ले जाओ और उसे छोड़कर तुरन्त नीचे आना, मैं किचन में हूँ।'

'जी अम्मी!' यूसूफ थोड़ा सा घबराया हुआ था। उसके सामने ये परिस्थिति पहली ही बार तो आयी थी पर सलमा को सामने पाकर वो थोड़ा ठीक फील करने लगा। अरनव को सीढ़ियों से धीरे–धीरे चलाकर ऊपर कमरे में ले गया, उसे बिस्तर पर लिटाकर नीचे गया तो देखा अम्मी नींबू जग के पानी में निचोड़ रही थी और बोली– अरनव को थोड़ा–थोड़ा पानी पिलाते रहना और हाँ अब नीचे नहीं आना। अब्बू को पता नहीं चलना चाहिए। हम अमिता भाभी को फोन किये देते हैं कि अरनव यहीं सोयेगा।'

'ठीक है अम्मी, मैं जाता हूँ।'

'हम्म, उसका ख्याल रखियेगा!'

'जी अम्मी!'

यूसूफ पूरी रात जागता रहा। कभी पानी देना, कभी सर दबाना। सुबह करीब चार बजे वो सो पाया।

'यूसूफ!' अरनव ने आँख खुलते ही उसे आवाज लगायी। रात को क्या हुआ उसे याद आ गया था।

'उठ गये जनाब, क्या खिदमत की जाए मेरे सरकार की!' यूसूफ व्यंग में बोला।

'यार ऐसे मत बोल, आई एम सॉरी ना... पता नहीं कैसे हो गया?'

'पता नहीं मतलब क्या? साले तुझे बोला था ना उस रोहित से दूर रहा कर, कल बियर पिलायी, आगे पता नहीं क्या करायेगा तुझसे और हाँ तू गायब कहाँ हो गया था ऑडीटोरियम से?' यूसूफ ने पूछा।

'वो यार रोहित बोला तो मैं उसके साथ चला गया।' अरनव की आवाज में शर्मिन्दगी थी।

'अरनव तू आज मुझे बता दे, तू ये सारे काण्ड करना कब छोडेगा? हद है यार। साले तुझे एक बार भी हममें से किसी का ख्याल नहीं आता। कल रात अम्मी ने सारी सिचुएशन संभाली थी, अब्बू को खबर नहीं होने दी, तेरे घर पर फोन किया कि तू यहीं सोयेगा, नींबू पानी बनाया और परेशान रही वो अलग।'

'मैं उन्हें भी सॉरी बोल दूंगा ना, तू नाराज मत हो!' अरनव सचमुच शर्मिन्दा था।

'सॉरी बोलेगा? खुदा कसम दिल कर रहा है अभी तुझे जमके माँरू पर वो हैं ना अम्मी, तेरा पक्ष लेने खड़ी हो जायेंगी। अंकल ठीक कहते हैं तू आर्मी में जाकर ही सुधरेगा।'

'यूसूफ अब बस कर, तू गब्बर सिंह मत बन!'

अरनव अपने डैडी को गब्बर सिंह कहता था।

'ए अरनव मुझसे ऊंची आवाज में बात मत करना, गलती तेरी है और सिर्फ तेरी!'

'हाँ तो सॉरी बोल रहा हूँ ना, चल तेरी कसम आज से उस रोहित से कोई वास्ता नहीं। अब तो खुश हो जा!'

'ये कसम खा कि बियर को कभी हाथ नहीं लगायेगा।'

'मतलब वाइन को हाथ लगा सकता हूँ।' अरनव शरारत से बोला।

यूसूफ ने दो मुक्के उसके पेट में मारे 'साले तू नहीं सुधरेगा!'

'जो सुधर गया वो अरनव नहीं।' दोनों खिलखिला कर हँस पड़े।

तभी सलमा कमरे में आयीं।

'सॉरी अम्मी! अरनव बोला।

'तो हमें कुछ समझाने की जरूरत तो नहीं है ना कि कल क्या गलत हुआ था और अब वो दोबारा नहीं होना चाहिए!'

'जी अम्मी, आपके सर की कसम, मैं शराब को कभी हाथ नहीं लगाऊंगा' अरनव की यही सबसे अच्छी आदत थी कि वो सलमा को अपनी माँ की तरह मान–सम्मान देता था।

सलमा के मुँह से निकली बात उसके लिए हुक्म था जो वो हर हाल में पूरा करता था। सलमा ने भी उसमें और यूसूफ में अन्तर नहीं जाना था। अगर अरनव गलत करता तो वह उसे भी डाँट देती थी पर कोई भी गलती सलमा को भी बर्दाश्त नहीं थी। उसके लिए अरनव, यूसूफ दो आँखों की तरह थे। अरनव की कसम पर उसे पूरा भरोसा था। सलमा बहुत प्यार से बोली–

'मेरा प्यारा बेटा, हमें आप पर पूरा भरोसा है। चलो, अब बताओ नाश्ते में क्या खाना है?'

'अम्मी परांठा बनाइए अपनी स्टाइल के, दही के साथ।' अरनव बोल उठा

'ठीक है!' सलमा मुस्कुरा कर बोली।

'अरे यार, अम्मी मुझे नहीं खाना परांठा, हर रोज इसका मन नहीं चलेगा!' यूसूफ को नाश्ते में परांठे पसंद नहीं थे, उसे कुछ हल्का नाश्ता ही अच्छा लगता था।

'तो तू ऐसा कर घर चला जा, आज नाश्ते में शायद इडली बनी होगी, कल मम्मी तैयारी कर रही थीं।'

'हाँ ये ठीक है अम्मी, मैं वहीं खाऊंगा!' यूसूफ बोला।

'ठीक है पर अभी नीचे नहीं आना... अब्बू आधे घण्टे बाद दुकान जायेंगे, उसके बाद आना!'

'गब्बर सिंह पार्ट टू . . .' अरनव मासूमियत से बोला। तीनों हँस पड़े।

....

बारहवीं का रिजल्ट निकलने में अभी एक हफ्ता बाकी था। हर गुजरता दिन अरनव के लिए भारी होता जा रहा था। उसका ज्यादातर समय या तो अपने कमरे में गुजरता

या यूसूफ के साथ। उसकी शरारतें थोड़ी थम सी गयी थीं। पिछले पन्द्रह दिनों में ना कोई लड़ाई, ना शिकायत और ना ही कोई बदसलूकी पर ये तूफान के पहले की शान्ति थी।

शाम के सात बजे थे। सुधांशू जी ने घर में कदम रखा। उनके हाथ में एक फॉर्म था। उन्होंने अरनव को बुलाया, उसे फॉर्म पकड़ाया और कहा– पढ़ लो, भर देना। सुधाशू जी ने सिर्फ इतना ही कहा और बिना अरनव की ओर देखे अपने कमरे में चले गये। अरनव ने कांपते हाथों से फॉर्म खोला। जिसकी आशंका थी, वही हकीकत बन सामने था। एन.डी.ए का फॉर्म था, आर्मी एन्ट्रेन्स, अरनव जिससे सबसे ज्यादा नफरत करता था। बिना कुछ कहे वो कमरे से निकला और कदम यूसूफ के घर जाकर ही रूके। सीधे ऊपर कमरे में गया। यूसूफ के गले लगकर बहुत रोया। यूसूफ भी परेशान कि किस तरह से उसको चुप कराये। एक घण्टे बाद अरनव खुद ही शान्त हो गया और चुपचाप लेट गया बिना कुछ बोले। यूसूफ समझ नहीं पा रहा था कि वो क्या करे या क्या कहे पर फिर भी उसने पूछा–

'भूख लगी है?'

'हाँ!'

'अभी खाना खाया या नहीं?'

'नहीं!'

'मैगी खायेगा?'

'नहीं!'

'क्या खाना है?'

'आलू का परांठा!' अरनव लेटे–लेटे ही बोला।

'कौन बनायेगा?'

'अम्मी को बोल दे ना।'

'सुबह ही बताया था ना अम्मी–अब्बू खाला की बेटी के निकाह में गये हैं।' यूसूफ ने याद दिलाया।

'ओह!'

'अब?'

'अब क्या, आलू का परांठा खाना है!'

'अबे बनायेगा कौन?'

'मैं बनाऊंगा!' अरनव उठ कर बैठ गया।

'पर मुझे नहीं खाना!'

'हाँ तो मत खाना, बना लेना मैगी अपनी, मैं जा रहा हूँ किचन में परांठे बनाने!'

'किचन में सब्जी–भाजी कुछ नहीं है, खाना तीन दिन तेरे घर खाऊंगा इसीलिए अम्मी ने नहीं खरीदी।'

'अबे आलू तो होगें ना!' अरनव भी जिद का पक्का था। और आज उसे सिर्फ परांठे खाने की ही जिद थी।

'अरनव तू बहुत परेशान करता है!'

'हाँ ठीक है, हट सामने से, दिमाग खराब मत कर!'

अरनव ने किचन में पहुंचते ही आलू उबालने रख दिये, आटा गूँथ लिया और किचेन से ही चिल्ला कर बोला–

'ए यूसूफ, सुन हरी धनिया, मिर्च चाहिए, फ्रिज में नहीं है, ले आना ना यार!'

'रात के नौ बजे तुझे धनिया–मिर्च चाहिए उसके बिना तेरे परांठे नहीं बनेंगे!'

'नहीं, जा ना भाई, रामदीन दस बजे तक सब्जी का ठेला लगाता है। ले आ ना!'

'नहीं जाना मुझे!' यूसूफ गुस्से से बोला।

'यार तुझे प्यार की भाषा समझ नहीं आती, बोला ना ले कर आ!'

'जा रहा हूँ, नाक में दम कर दिया है तूने और तेरी इन खाने–पीने की आदतों ने, और हाँ परांठे मैं भी खाऊंगा!'

'ओके माई लव!' अरनव मस्ती में बोला।

'जी बेगम कुछ और भी लाना हो तो बता दीजिए!' यूसूफ ने भी मुस्कुरा कर कहा।

'नहीं और कुछ नहीं चाहिए, बस आप जल्दी आ जाइयेगा, आपके बिना दिल नहीं लगता मेरे सरताज।'

'बस बेगम यूं गया, यूं आया!' यूसूफ हँसते हुए चला गया।

परांठो की खुशबू से पूरा घर महक उठा। अरनव के हाथों में जादू था। उसने अपनी मम्मी से सभी वेजिटेरियन खाना और सलमा से चिकन के साथ बहुत कुछ नॉन–वेज बनाना सीखा था। चिकन उसका फेवरेट था इसीलिए जब भी सलमा चिकन बनाती वो उनके घर पहुंच कर बनाना सीखता और अलग–अलग रेसिपी ट्राई करता। परांठे सेंक वो बेड पर लेट गया। यूसूफ बाकी का काम खत्म करने लगा। अरनव ने वहीं से लेटे लेटे बोला 'मैं परांठे दही के साथ खाऊंगा!'

'घर में दही नहीं है!'

'ए ले आ ना यार, नुक्कड़ के हलवाई की दुकान पर मिल जाएगा!' शरारत से बोला अरनव। यूसूफ ने हाथ में

पकड़ा किचन डस्टर फेंका और उसे मारने दौड़ा। अरनव आगे और वो पीछे, पर अरनव कहाँ हाथ आने वाला था। इस भाग–दौड़ की मस्ती के बाद दोनों थक गये और हँसते हुए बैठ गये।

'चल यार अब खाना खाया जाए!'

'सुन अरनव!'

'हाँ!'

'एक कप चाय भी बना दे ना!'

'ओके बॉस!' अरनव जानता था कि यूसूफ को उसके हाथ की चाय बहुत पसंद है।

दोनों दोस्त खाना खाते–खाते बातें करने लगे। यूसूफ ने अचानक पूछ लिया–

'ए अरनव तेरा सीन क्या चल रहा है अवनी के साथ!'

हाथ में कौर लिए अरनव मुस्कुरा उठा और बोला प्यार हो गया है तेरे भाई को!'

'आय–हाय, क्या बात है थे, कितना ब्लश कर रहा है भाई मेरा!' यूसूफ को जैसे कुछ याद आया 'पर बेशर्म तुझको सिर्फ ये अवनी ही मिली थी?'

'मतलब?' मासूमियत से अरनव ने पूछा।

'मतलब ये है मेरी जान कि जानता है अवनी का भाई कौन है?'

'उसका कोई भाई नहीं है, वो सिर्फ दो बहने हैं।'

'जी नहीं, वो जो तपन है ना रोहित का दोस्त, वो उसका चचेरा भाई है।'

'तो!'

'तो मतलब? आपने दो साल पहले उसे जो हॉकी से धुना था ना वो चोट आज भी उसके माथे पर मौजूद है। अब लगाना मरहम अपने प्यारे साले साहब को।'

'अरे यार, तू सच तो कह रहा है ना?'

'और क्या?'

'अवनी ने तो नहीं बताया कि तपन उसका भाई है।'

'मैं बता रहा हूँ ना और दूसरी बात उसके पापा की दुकान करीम चचा की दुकान के पास है। वो अब्बू को बता रहे थे कि अवनी के पापा लड़कियों को पढाने के पक्ष में नहीं हैं। उसकी शादी जल्दी कर देंगे और भाईजान आप चाह कर भी उससे ज्यादा मिलजुल नहीं पाओगे। समझे या नहीं?'

'हम्म!'

दो मिनट की चुप्पी छा गई। अरनव किसी सोच में डूब गया। चाय की चुस्की लेते हुए यूसूफ ने उसे देखा 'क्या हुआ अरनव, चुप क्यों हो गया?'

'यूसूफ, मैं सचमुच उसे बहुत प्यार करता हूँ!'

'हम्म!'

'अब क्या होगा!'

'कुछ नहीं, भूल जाओ उसे क्योंकि अंकल तुझे आर्मी में भेज कर ही दम लेंगे। एन्ट्रेन्स, ट्रेनिंग और भी ना जाने क्या–क्या, फिर पोस्टिंग। इतने सालों में तू कहाँ रहेगा, अवनी कहाँ होगी!'

'यार नहीं जाना मुझे आर्मी में और नहीं रहना अवनी से दूर!' अरनव बिफर पड़ा।

'जब तुझे पता है कि आर्मी ज्वाइन करनी ही पड़ेगी तो तुझे इतनी नफरत क्यों है, आज बता ही दे!'

'मैं तुम लोगों से दूर नहीं रह सकता, मुझे यहीं इन्दौर में रहना है।'

'नहीं, ये बात तो नहीं है, सच बता, क्या बात है!' यूसूफ अरनव की आँखों की नमी को बखूबी पहचानता था।

'कुछ नहीं!' अरनव का चेहरा उतर गया था।

'बोल ना!'

'क्या?'

'जो पूछ रहा हूँ'

' . . . . . . '

'बोल भाई!'

'जानता है यूसूफ, इन्दौर आने से पहले हम गाँव में दादी–बाबा के पास रहते थे। पापा की जॉब धार में थी। पापा वहीं रहते थे। मैं उस वक्त आठ साल का था। मेरे चाचा फौज में थे। आतंकवादी हमले में शहीद हो गये थे। जब चाचा की बॉडी तिरंगे में लिपटी हुयी आयी तो दादी की हालत बहुत खराब हो गयी थी। सामने चाचा की लाश और दादी की सूरत आज भी मेरी आँखों के सामने है। मैं दादी के साथ ही सोता था। महीनों तक वो रात में उठकर सीने को हाथ से दबाती रहती थी, कहती थी, बहुत दर्द है, गौरव की बहुत याद आ रही है। बहुत सुबकती थी चाचा को याद करके। कभी लेटती, कभी टहलती, कभी पानी पीकर फिर सोने की कोशिश करती फिर मुझे सीने से लगाकर कहती कि तू मुझसे कभी दूर मत जाना। वो तो चला गया, माँ के बारे में कुछ नहीं सोचा, मेरा छोटा सा आरू तू मुझे कभी छोड़ कर मत जाना, फौजी मत बनना मेरे लाल, फौजी मत

बनना। फौजी बहुत स्वार्थी होता है, केवल मिट्टी का होकर रह जाता है।

इतना कहकर बहुत रोती थी दादी। सोचता हूँ मैं आर्मी में जाकर शहीद हो गया तो मम्मा का क्या होगा? दादी तो संभल गयी थी क्योंकि उन्हें अपने दूसरे बेटे का प्यार मिल गया पर मेरी मम्मा के पास तो बस मैं ही हूँ ना। अब बता क्या करूं, कसम से यूसूफ, आर्मी में नहीं जाना।'

'हम्म!'

ट्रिंग–ट्रिंग . . . रात के साठे ग्यारह बजे फोन बज उठा।

'मम्मा का ही होगा!' अरनव बोला 'कह देना सो गया हूँ आज वहाँ नहीं जाना, तुझसे बातें करनी है!'

'ठीक है!'

'हैलो, जी आण्टी!'

'बेटा तुम लोग कब आ रहे हो, अंकल कई बार पूछे चुके हैं?'

'आण्टी हम आज यहीं सो जाते हैं।'

'और खाना भी तो नहीं खाया तुमने।'

'जी आण्टी, वो तो हम खा चुके।'

'क्या खाया?'

'वो अरनव ने परांठे बना लिए थे।'

'अच्छा, अब वो मास्टर शेफ क्या कर रहा है, बात करा दे!' हँसते हुए माँ बोली।

'आण्टी वो तो सो गया।'

'ठीक है, तू भी सो जा बेटा और सुबह नाश्ते के वक्त आ जाना दोनों!'

'जी आण्टी, गुड नाइट!'

'गुड नाइट बेटा, टेक केयर!'

फोन रखते ही अरनव पूछ बैठा–

'क्या बोली मम्मा?'

'कुछ नहीं, बस पूछ रही थी कब आओगे!'

'ओह!'

दो मिनट की खामोशी छा गयी। सामने अरनव की प्लेट में आधा परांठा यूं ही पड़ा रह गया, यूसूफ के कप की चाय अब ठण्डी हो चुकी थी। अरनव के बचपन की यादें उसके भविष्य की सबसे बड़ी बाधा थी। यूसूफ उसके जख्म से परिचित हो चुका था। अब तक अरनव की यादों का नासूर उसकी जिद के रूप में सामने आता था पर आज यूसूफ सारी बातों को समझ गया– अरनव का आर्मी के नाम से ही चिढ़ जाना असल में उसका डर था या दूसरे शब्दों में कहें तो अपनी मम्मा के लिए उसका प्यार। अरनव अपनी माँ के अकेलेपन का कारण नहीं बनना चाहता था कि दादी जैसी तकलीफ उसकी माँ को हो। यूसूफ ने कुछ सोचकर उससे बोला–

'अरनव, कुछ बोलूं?'

'हाँ बोल ना!'

'तुझे मुझ पर कितना भरोसा है?' यूसूफ ने उसकी आँखों में झांकते हुए पूछा।

'जितना मैं खुद पर भी नहीं करता, मैं गलत कर सकता हूँ, तू नहीं।'

'तो उस भरोसे की खातिर तू आर्मी में जा, तू लोगों की सारी गलतफहमी तोड़ दे और तुझ पर जितने शरारती होने के दाग लगे हैं धो डाल यार। साबित कर दे कि तू वो अरनव है जो जब मैदान में दांव खेलेगा तो कोई दुश्मन उससे जीत नहीं सकता। तू कुछ करके दिखा मेरे भाई। अंकल के सपने को पूरा कर शायद तुझमें उन्हें अपना छोटा भाई दिखता है। और फिर हम मरने के डर से देश सेवा से पीछे हट जायेंगे तो ये तो हमारे होने पर दाग है। और रही बात आण्टी के अकेलेपन की, तो मैं वादा करता हूँ कि मेरे रहते उनकी आँख में एक भी आँसू कभी नहीं आयेगा। मैं यहीं रहूंगा, इसी शहर में, दोनों परिवार की खुशियों की जिम्मेदारी मेरी और तू आर्मी में जायेगा।'

अरनव भावुक हो उठा। उसने यूसूफ को गले लगा लिया। दोनों दोस्त रो पड़े। जिम्मेदारी जो बंट गयी थी, एक ने परिवार की कमान संभाल ली, एक ने देश की सुरक्षा की।

....

अरनव और यूसूफ के बीच हुयी बातचीत को आज तीन दिन हो चुके थे। इन तीन दिनों में अरनव में बहुत परिवर्तन महसूस किया जा सकता था। वो आर्मी रिलेटेड बुक्स, मैग्जीन लाकर पढ़ने लगा, अगर कोई न्यूज चल रही हो तो गौर से देखने लगा। सुधांशू जी उसे देख आश्चर्य में पड़ गये कि जो लडका आर्मी के नाम से ही भागता था, आज वो फौज में जाने के लिए बेताब हुआ जा रहा है पर ये उनके लिए बहुत संतुष्टि भरे पल थे। बच्चे जब माँ–बाप के बताये हुए रास्ते पर चलना स्वीकार कर लेते है तो माता–पिता के लिए ये गर्व का विषय होता है और ये होती है उनके संस्कारों की जीत।

सुधांशू जी अपने कमरे में बैठे किसी गहरी सोच में डूबे थे कि अरनव और अमिता की जोर से आती आवाजों ने उनका ध्यान भंग कर दिया। अरनव अपनी माँ के पीछे–पीछे सेब लेकर घूम रहा था, उसकी जिद थी कि आधा वो खायेगा और आधा सेब उसकी माँ। पर अमिता की जिद थी कि अरनव पूरा सेब खुद खा ले।

'मम्मा, जब मैं आर्मी में चला जाऊंगा तो कोई ये कहने वाला भी नहीं होगा कि आप अपना भी ख्याल रखा करो, समझी मेरी प्यारी सी, सुन्दर सी माँ!'

'हाँ समझ गयी मेरे नटखट कान्हा! पर ये सेब तुझे ही खाना है और तू बड़ा हो गया है तो मुझ पर हुक्म चलायेगा क्या?'

सुधांशू जी मीठी सी नोंकझोंक का मजा ले रहे थे और अपने आनन्द को बढ़ाने के लिए उठकर आंगन में आ गये और बोले–

'लाओ, अब इस सेब का आधा हिस्सा मैं खा लेता हूँ, तब जाकर तुम माँ–बेटे की लड़ाई खत्म होगी।' उन्होंने अरनव के हाथ से लेकर सेब मुंह मे रख लिया। तीनों इस बात पर हँस पड़े। अरनव के एक डिसीजन ने पूरे परिवार में खुशी के रंग बिखेर दिये थे। आज बहुत दिन बाद घर का माहौल हल्का लग रहा था। दरवाजे पर खड़ा यूसूफ ये सब देख रहा था, उसके आँखों के कोर गीले हो गये। उसकी सच्ची खुशी अरनव की मुस्कुराहट थी और अरनव को इतना खुश उसने इससे पहले कभी नहीं देखा था। कुछ सोच ही रहा था कि सुधांशू जी ने उसे आवाज लगायी–

'अरे वहीं खड़ा रहेगा या अंदर भी आयेगा।'

'जी अंकल आया!'

'तो आ गये तुम्हारे अम्मी–अब्बू या अभी नहीं?'

'जी अंकल, बस अभी एक घण्टा पहले ही आयें हैं।'

'तो कहाँ है हमारी मिठाई!'

'अंकल! वो अम्मी खुद आण्टी के पास आकर देना चाहती हैं, कुछ बात भी करनी है उन्हें!'

'चलो कोई नहीं, बाद में ही सही पर तुम्हारी खाला के घर की मिठाई खायेंगे जरूर। अच्छा अमिता मैं चलता हूँ, दो–तीन घण्टे लग जायेंगे शर्माजी के घर भी होता हुआ आऊंगा। कल उन्होंने कहलवाया था कि जरूरी काम है, चलो बच्चों तुम लोग इन्जॉय करो।'

'जी डैडी!' अरनव अब खुल कर अपने पापा से बात करने लगा था। आजकल उसे वो गब्बर सिंह नजर नहीं आते थे।

सुधांशू जी के जाते ही अमिता भी बोल उठी–

'सुन अरनव, अभी मैं कुछ काम से अपने कमरे में हूँ, तुम लोगों को कुछ खाना हो तो आवाज लगा देना, खुद बनाने मत बैठ जाना'!

'नहीं मम्मा, नहीं बनायेंगे हम लोग।' फिर बहुत प्यार से मस्का लगाते हुए माँ से बोला 'मम्मा प्लीज एक पचास रूपये दो ना, मुझे और यूसूफ को फिल्म देखनी है।'

'ओके मेरी अलमारी में है, सफेद पर्स में, ले ले। कितने बजे का शो है' अमिता आज बहुत खुश थी इसीलिए न–नुकुर का कोई सवाल ही नहीं था।

'मम्मा, तीन से छः के शो में जायेंगे, कुछ और दोस्त भी आ रहे हैं... मिलकर फिल्म देखने का प्लान है।'

'अच्छा, ठीक है पर मूवी के बाद सीधे घर आना, आज तुम दोनों के लिए एक सरप्राइज है।'

'वो क्या आण्टी?' यूसूफ खुश होते हुए पूछ बैठा।

'ये तो आप दोनों के लौट कर आने पर ही पता चलेगा।' मुस्कुरा कर बोली अमिता।

'ठीक है अम्मा, हम चलते है!'

'ओके बाय, टेक केअर वोथ ऑफ यू!'

'बाय आण्टी!'

'बाय मम्मा!'

यूसूफ, अरनव दोनों घर से निकल पड़े। थोड़ी दूर चले ही थे कि यूसूफ ने अरनव की कोहनी पकड़कर उसे अपने सामने करते हुए हुए बोला– 'तेरे दिमाग में क्या चल रहा है, सुबह फोन पर तू बोल रहा था कि कुछ खास काम है, जल्दी आ और अभी आण्टी से बोला कि मूवी जा रहे हैं। चक्कर क्या है भाई?'

'अरे यार, आज अवनी का बर्थडे है तो उसको एक गिफ्ट देना है इसीलिए मम्मा से पैसे लिए। तेरा नाम लेने पर एक बार में पैसे दे देती हैं वरना पचास सवाल करती। क्या करेगा, क्या खरीदना है वगैरह–वगैरह। इसीलिए तुझे फोन किया था, तू भी चल ना। आज वो पार्क में मिलेगी एक बजे। तू वहीं टहलते रहना, मैं बस मिल कर आ जाऊंगा।'

'ओह तो ये मसला है!' अब सारी बातें यूसूफ को समझ आ गयी थीं।

'तो भाई, चलेगा ना?'

'हाँ चलूंगा, पर कौन सा पार्क?'

'होटल राज पैलेस के पास वाले पार्क में।'

'इतनी दूर!' यूसूफ चौंक कर बोला।

'अरे यार, तो क्या घर के पास मिलता और मम्मा को छः बजे तक का टाइम बोला है ना। चल अब ज्यादा नखरे मत कर!'

'हाँ चल ना, मना किया है क्या!'

दोनों जिगरी यार चल दिये। घर से मेन चौराहे पर आते ही अरनव ने एक ऑटो रोका और दोनों बैठ गये। अरनव के चेहरे की खुशी देखने लायक थी। थोड़ी घबराहट की वजह से ऑटो में बैठे–बैठे कभी वो उंगलियाँ चटका रहा था कभी पैर हिला रहा था और इसका पूरा आनंद उठा रहा था यूसूफ। पास की दूरी वाली सवारियाँ चढ़ रही थीं, उतर रही थीं। अरनव को जैसे कुछ होश ही नहीं था। बाहर देखते हुए भी शून्य में खोया था। करीब पैंतालीस मिनट बाद दोनों पार्क में थे। अवनी पहले से अपनी सहेली के साथ पार्क में मौजूद थी। अरनव को देख वो घास पर से उठकर खड़ी हो गयी। यूसूफ एक पेड़ के पास खड़ा हो गया और अरनव अवनी की तरफ बढ़ चला। अवनी ने बसंती रंग का सूट पहना था जो इसके गोरे रंग को और उजियारा बना रहा था। कानों में छोटी सी बालियाँ, हाथ में काँच के कंगन। उसने अपने बालों को पीछे सलीके से बाँधा हुआ था पर एक लट उसके गालों को छूने की गुस्ताखी कर रही थी। उसका सौन्दर्य अनूठापन लिए हुए था। कौमार्य की लालिमा गालों पर बिखरी थी। होठों पर मुस्कुराहट, अभी अपने शैशवकाल में थी, इतनी मासूमियत मानो कि जिन्दगी के थपेड़ों ने अभी उसे छुआ ही ना हो। वो भी थोड़ा घबरा रही थी और यही घबराहट उसे और खूबसूरत बना रही थी। उसकी सहेली समझदार थी। अरनव को आता देखकर दूर पड़ी बेंच पर

जाकर बैठ गयी और अवनी को इशारा किया कि वो जाये अरनव के पास। अरनव एक हाथ से अपने बालों को संवारते हुए आगे बढ़ ही रहा था कि पार्क में पड़े एक पत्थर से ठोकर खा गया। अवनी खिलखिला कर हँसी पड़ी। अरनव संभलते ही उसकी हँसी में खो गया। उसके रूप का जादू अरनव का दिल धड़का रहा था। इस उम्र का प्यार होता ही है मासूम। दिल बेहिसाब धड़कता है, जुबां बात नहीं करती और आँखें खामोश नहीं रहती। सिर्फ हाथ छूने भर का अहसास मन में जल तरंग बजा देता है, साथ बैठना नये सपनों को जन्म देता है। एक–दूसरे को हजारों बार देखने के बाद भी नया–नवेला अहसास होता है, दिल कविताएं कहने लगता है, सजने संवरने में दिन गुजरता है। सूरज की रोशनी, चाँद की चाँदनी, बारिश की बूंदों में उसी का अक्स दिखायी देता है। फिल्मी गानों के बोल गहराई से समझ आने लगते हैं। बस यही हाल अरनव और अवनी का था। नया प्यार था जिसकी खुमारी सर चढ़ रही थी दोनों के। अरनव ने आगे बढ़कर उसे गुलाब का फूल और चॉकलेट का बॉक्स देकर विश किया। अवनी ने शर्माते हुए ज्यों ही गिफ्ट लेना चाहा उसकी उंगलियाँ अरनव के हाथ से टकरा गयी। घबराकर वो अरनव की ओर देखने लगी। अरनव मुस्कुरा दिया और बोला– 'चलो उस पेड़ के नीचे चलकर बैठते है?'

'नहीं, अभी तो हमें जाना होगा, मम्मी से झूठ बोलकर निकली हूँ, फिर कभी मिलूंगी!'

'थोड़ी देर तो बैठ जाओ ना, अब तो रोज मिल भी नहीं पाते!'

'नहीं अभी तो जाऊंगी, फिर पक्का मिलूंगी!'

'फिर कब?'

'फोन पर बताऊंगी!'

'ठीक है, मैं इंतजार करूंगा, वैसे आज तुम बहुत सुंदर लग रही हो!'

'थैंक्यू!' शरमा गयी अवनी अपनी तारीफ सुनकर।

'हैप्पी बर्थ डे वंस अगेन!' अरनव ने हाथ मिलाना चाहा, अवनी ने भी अपना हाथ बढ़ा दिया। दोनों के हाथ मिले, आँखें मिली, दिल जोर से धड़क उठे। मासूम मोहब्बत दोनों ओर थी। अवनी ने अपना हाथ छुड़ाया और मुस्कुराती हुयी अपनी सहेली की ओर चल दी। अरनव भी यूसूफ की ओर बढ़ा। उसने अपने दांये हाथ को सीधा रखा हुआ था और उसे ही देखता रहा। यूसूफ, जो उसे गौर से देख रहा था, छेड़ते हुए बोला—

'तो आज तो ये हाथ धुलेगा नहीं और ना ही किसी से हैण्ड शेक होगा... क्यों भाई ठीक कहा ना!'

अरनव झेंप गया।

'चल यार, कुछ भी बोलता है!'

'हाँ भई हम तो कुछ भी बोलते हैं!' अरनव की पीठ पर धौल जमाते हुए बोला यूसूफ। दोनों फिर हँस पड़े और चल पड़े घर की ओर।

....

इतवार की सुहानी सुबह थी। अप्रैल का महीना, ठंड जा चुकी थी पर अभी गरमी अपने चरम पर नहीं थी। दोनों घरों मे खुशियाँ रिजल्ट के रूप मे सामने थी। यूसूफ ने पूरे इन्दौर में तीसरा स्थान पाया था और अरनव आठवें स्थान पर था। सुबह से ही बधाईयाँ देने वालों का तांता लगने लगा। कल तक के बदमाश लड़के आज सभी को हीरो नजर आ रहे थे। सुधांशू जी सुबह से ही हर आने—जाने वाले को

मिठाईयाँ खिला रहे थे और उनका साथ दे रहे थे असलम। सलमा, अमिता अन्दर बैठक में बैठी थीं और वहीं अन्य महिलाओं के साथ हँसी–खुशी की बातें चल रही थीं। ऐसा इन्दौर में पहली बार था कि एक ही स्कूल, एक ही मोहल्ले के दो विद्यार्थियों ने टॉप 10 में स्थान पाया हो। ये सभी के लिए गर्व का विषय था। अब तक शिकायतें करने वाले, दोनों की तारीफ करते नहीं थक रहे थे।

शर्माजी, जो अरनव के पिता के अच्छे दोस्त थे, मिठाई खाते–खाते पूछ बैठे–

'क्यों अरनव बेटा, आगे क्या इरादा है?'

'जी इंडियन आर्मी अंकल!'

'अरे क्यों भई!' फिर सुधांशूजी जी की ओर मुड़कर बोले–

'ये हम क्या सुन रहे हैं राणा जी, बच्चे को आर्मी में क्यों भेजना भला, इतने अच्छे नम्बर लाया है आई.आई.टी की तैयारी कराइये। बहुत पैसा है वहाँ। और कहाँ मासूम से बच्चे को इतनी टफ लाइफ की तरफ भेज रहे हैं। चार दिन में कुम्हला जायेगा बेचारा बच्चा।'

सुधांशू जी मुस्कुराते हुए बोले– 'आर्मी में जाना हर किसी के बस की बात नहीं, सिर्फ शेर पुत्तर ऐसा करते हैं और मेरा अरनव अपने पापा का बब्बर शेर है। मैं भी देखना चाहता हूँ वो वर्दी में लगता कैसा है। जिस दिन उसे वर्दी में देखूंगा, यकीन मानिए शर्मा जी, वो मेरी जिन्दगी का सबसे बड़ा दिन होगा, मेरा सीना चौड़ा होकर दुगुना हो जायेगा। केबिन में बैठे–बैठे जिन्दगी गुजारना भी भला कोई जिन्दगी है। बात तो तब है कि बार्डर पर आप खड़े हो और कोई दुश्मन देश की ओर आँख उठा कर न देख सके।'

'भई, राणा जी' एक और मिठाई के पीस को प्लेट से उठाते हुए शर्मा जी बोले 'आपके विचार तो अच्छे हैं पर इकलौते लड़के को आर्मी में भेज देना, हमारी समझ से तो परे है!'

'यही तो अफसोस है कि मेरा एक ही बेटा है... अगर दो होते तो दोनों को देश के नाम कर देता।' सुधांशू जी पक्के देश भक्त थे, सुभाष चन्द्र बोस की बहादुरी, समर्पण और देशप्रेम के आदर्शों पर चलते हुए ही उन्होंने बेटे को आर्मी में भेजने का निर्णय लिया था। वो खुद भी आर्मी में जाने के बहुत उत्सुक थे किन्तु उनका चयन न हो सका था इसीलिए बेटे को यूनीफॉर्म में देखकर अपना सपना पूरा करना चाहते थे। बस यही भाव आज उनकी आँखों में, उनकी आवाज में था, जिससे अरनव अब तक अंजान था। वो तुरंत अपने पिता के गले लग गया। आस–पास खड़े सारे लोग पिता–पुत्र के इस निश्छल प्रेम पर मुस्कुरा पड़े।

'डैडी आइ लव यू, अब मैं आपका हर सपना पूरा करूंगा!' अरनव की आँखों के सामने पूरी पिक्चर, क्लियर हो चुकी थी कि उसके पिता उसे आर्मी में क्यों भेजना चाहते थे। उसके दिल में पिता की लिए इज्जत बहुत ज्यादा बढ़ चुकी थी। आज वो उसे दुनिया के सर्वश्रेष्ठ पिता नजर आ रहे थे। उन दोनों के बीच की दीवार गिर गयी। सुधांशू जी ने बेटे को कस कर गले लगा लिया। एक खूबसूरत सा रिश्ता, जो आज तक सख्ती की जंजीरों में कैद था, आजाद हो चुका था। 'बड़ा होता बेटा दोस्त होता है', ये उदाहरण जीता–जागता लोगों के सामने मौजूद था। पिता से छः इंच लम्बे अरनव को देख हर कोई सुधांशू जी से ईर्ष्या कर रहा था। सभी के मन में सिर्फ यही बात थी कि जो पिता के सपने को पूरा करने को अपनी जिद बना ले, ऐसा बेटा सभी

को मिले। लोग–बाग दिलों में दोनों की एक मनमोहक छवि लिए अपने–अपने घरों को लौट आये।

....

अरनव अब शिद्दत से तैयारियों मे जुट चुका था। उसे लिखित परीक्षा की कोई चिन्ता नहीं थी। वो उसे आसानी से पास कर सकता था। फिजिकल टेस्ट तैयारी के लिए उसका दिन चार बजे शुरू हो जाता। दौड़ना, भागना, पुश अप्स, सिट अप्स, हेल्दी डाइट, लिखित परीक्षा की तैयारी, सभी कुछ उसके डेली रूटीन में आ गया। दोपहर उसकी यूसूफ के घर में गुजरती और शाम को मम्मा–डैडी के साथ। वो ज्यादा से ज्यादा समय परिवार के साथ बिताने लगा। बदमाशियाँ खत्म हो गयी थी पर शरारतें अब भी चालू थी। फर्क सिर्फ इतना था कि शिकायतें आनी बन्द हो गयी थीं क्योंकि अरनव मोहल्ले का हीरो जो था। छोटे बच्चों को अरनव, यूसूफ का उदाहरण दिया जाने लगा। बच्चे उन दोनों से पढ़ाई के टिप्स पूछने आने लगे थे। बस इन्हीं सब के बीच अरनव की तैयारी चल रही थी। अवनी से फोन पर बात करते हुए अरनव ने उसे अपने आर्मी में जाने के डिसीजन के बारे में बता दिया था। अवनी उसके आर्मी में जाने को लेकर खुश नहीं थी। वो अरनव को अपने जीवन–साथी के रूप में देखती थी लेकिन अगर वो फौज में जाता है तो अवनी के पिता उसकी शादी कभी भी अरनव से नहीं करायेंगे। उनका मानना था कि फौजी अपने परिवार को पूरा वक्त नहीं देता है बल्कि थोड़े समय के लिए ही परिवार के पास होता है। अवनी के पिता उसकी शादी किसी से भी करा सकते हैं पर एक फौजी से नहीं। और इसके अलावा वो बेटियों की शादी जल्दी कराने के पक्षधर थे। उन्हें अवनी की शादी की बहुत जल्दी थी और अरनव का कैरियर सेट होने में अभी बहुत वक्त था। अवनी ने ये सारी बातें अरनव को

नहीं बतायी थी क्योंकि वो बहुत दुखी होता। अरनव जब भी उससे मिलने आता या फोन पर बात करता, वो उसकी हर बात को ध्यान से सुनती और खामोश रहकर हर बात का समर्थन करती। दोनों के बीच अच्छी अण्डरस्टैडिंग थी। यूसूफ के बाद अगर अरनव किसी के साथ दिल की बात शेयर करता तो सिर्फ अवनी थी। एक बातूनी लड़का, खामोश सी लड़की... लाजबाब जोड़ी थी दोनों की। लोगों से मिलना–जुलना, बातें, घूमना–फिरना इन सब पर तो जैसे लगाम ही लग गया। अरनव के लिए जैसे–जैसे एग्जाम के दिन पास आ रहे थे उसका एक्साइटमेण्ट बढ़ता जा रहा था और फोकस सिर्फ इस बात पर था कि उसे किसी भी तरह आर्मी में जाना ही है। बस सफलता की ख्वाहिश लिए अरनव के सामने एग्जाम के दिन आ गये और उसने अपने पिता को निराश नहीं किया बल्कि सफलता के झण्डे गाड़ दिये।

....

जिन्दगी में सफलता सिर्फ किसी एक का प्रयास नहीं होती। प्रेरणा, दुआ और भरोसा जब हाथ में हाथ ले कर चलते हैं तो जो प्राप्त होता है, उसे कहते हैं सफलता! अवनी का प्यार, पिता की प्रेरणा, माँ की दुआ और उस पर यूसूफ का साथ, इतना कुछ तो था अरनव के पास और इन सभी के साथ उसका कभी ना हारने वाला आत्मविश्वास! अरनव हर परीक्षा में खरा उतरता गया और आज उसे आर्मी ट्रेनिंग के लिए देहरादून जाना था। माँ पहले से तैयारी में लगी थी, घर में खुशी का माहौल छाया हुआ था। बस एक कदम और, फिर उसके बाद अरनव के तन पर जब वर्दी होगी तो पूरा घर उस खुशी की रोशनी में जगमगा उठेगा। अरनव से ज्यादा उत्साहित सुधांशू जी थे जो उसे सुबह से ही निर्देश पर निर्देश दिये जा रहे थे पर अरनव का दिमाग घड़ी की सुइयों पर लगा हुआ था। जाने से पहले एक बार

वो अवनी से मिलना चाहता था इसीलिए उसने यूसूफ को बुलाया था जिससे कि वो बहाना बनाकर अवनी से मिलने जा सके। अरनव बस सोच ही रहा था कि यूसूफ आ पहुंचा और उनके प्लान के मुताबिक बोलने लगा–

'सुन अरनव, वो तुझे राहुल की मम्मी याद कर रही थी। बेचारी बीमार हैं इसीलिए मिलने आ नहीं सकती, चल जाने से पहले उनसे मिल आयें।'

'कौन राहुल?' सुधांशू जी पूछ बैठे।

'जी अंकल, हमारा क्लासमेट था, हाईस्कूल के बाद होस्टल चला गया था, अभी दो दिन पहले ही मिला था, अरनव के सिलेक्शन का सुनकर बहुत खुश हो रहा था। वो और उसकी मम्मी दोनों अरनव से मिलना चाह रहे हैं पर आण्टी की तबीयत खराब हो गयी है तो मैंने कह दिया कि मैं ही इसे लेकर उनसे मिलाने पहुँच जाऊंगा . . . !' थोडा हिचकिचाते हुए यूसूफ बोला 'तो हम जाये ना अंकल, एक घण्टे में आ जायेंगें, वैसे भी ट्रेन तो रात की है ना!'

'हाँ ठीक है पर जल्दी आना!' सुधांशू जी बोले।

'जी डैडी!'

'जी अंकल! चल अरनव जल्दी कर वर्ना देर हो जायेगी, आण्टी हमारा इंतजार कर रही होंगी।' यूसूफ आँख मारते हुए बोला जो सुधांशू जी देख नहीं पाये। दोनों बिजली की रफ्तार से घर से निकले और साँस उन्होंने पार्क में पहुँच कर ही ली जहाँ अवनी पहले से ही अरनव का इंतजार कर रही थी। अवनी दुनिया की पहली लड़की थी जो अपने बॉयफ्रेण्ड से हमेशा पहले पहुंचती थी। इसका कारण सिर्फ यही था कि वो पल भर के लिए भी अरनव को परेशान नहीं कर सकती थी, बहुत प्यार था उसे अरनव से। वो खूबसूरत तो थी ही और उसके बेदाग चेहरे पर बोलती हुयी उसकी आँखें ऐसे

थी जैसे शाम के समय सागर में ढलता सूरज जो अपने साथ गहराई और लालिमा दोनों लिए रहता है। अवनी की आँखों की गहराई उसके हृदय की गम्भीरता को बताती थी। मात्र उन्नीस साल की उम्र में ही वो बहुत समझदार और सुलझी हुयी लड़की थी। परिस्थिति को किस तरह से संभालना है, ये वो अच्छे से जानती थी। अरनव और अवनी में जमीन–आसमान का अंतर था। जहाँ अरनव बातूनी, शरारती, वहीं अवनी गंभीर, पर कहते हैं ना अपोजिट अट्रेक्टस। यही दोनों के साथ था। अलग होते हुए भी एक–दूसरे के होने को बेताब।

अवनी को पता था कि आज अरनव से शायद वो आखिरी बार मिल रही है पर ये बात वो अरनव को नहीं बता सकती थी क्योंकि वो अरनव को यूं विदा नहीं करना चाहती थी। वो खुद भी अरनव की मुस्कुराती छवि दिल में रखना चाहती थी और अरनव को मीठी याद देना चाहती थी। अरनव नजदीक आते ही मुस्कुरा दिया। अवनी ने भी उसका स्वागत मुस्कुरा कर किया। दोनों एक पेड़ के नीचे बैठ गये। अरनव बहुत देर तक उसका हाथ थामें रहा और अवनी अपनी नज़रें झुकाये थी।

'दुखी हो मेरे जाने से?' वो पूछ बैठा।

'नहीं, मैं बहुत खुश हूँ, तुम अपना सपना जो पूरा करने जा रहे हो!'

'मुझे याद करोगी ना!'

'हाँ, बहुत!'

'तो तुम चुप क्यों हो?'

'अब हम बहुत दिन बाद मिल पायेंगे ना इसीलिए'

'अरे चिन्ता क्यों करती हो, मैं तुम्हें फोन किया करूंगा।'

अवनी घबरा कर बोल पड़ी 'नहीं अरनव, तुम फोन मत करना, मैं यूसूफ से तुम्हारा हाल पूछ लिया करूंगी और ट्रेनिंग के बाद तो हम मिलेंगे ही ना। अगर पापा को पता चल गया तो वो बहुत गुस्सा होंगे और फिर तुम पापा को तो जानते ही हो ना कितने स्ट्रिक्ट हैं!'

'ठीक है अवनी जैसा तुम चाहो... पर एक बात बोलूं!'

'हाँ बोलो ना!' आज अवनी उससे नज़रें चुरा कर बात कर रही थी।

'आज तुमसे मिलकर यूं लग रहा है जैसे तुम्हें खो रहा हूँ, पता नहीं क्यों पर अच्छा नहीं लग रहा, अवनी मेरा इंतजार करना, करोगी ना?'

अवनी हाथ छुड़ाते हुए बोली 'देखो, शायद यूसूफ तुम्हें बुला रहा है।'

अरनव भी हड़बड़ाकर उठ गया 'हाँ यार बहुत देर हो रही है, चलता हूँ। तुम अपना ख्याल रखना। मेरा इंतजार करना अवनी!' कहकर अरनव ने उसका हाथ पकड़कर चूम लिया।

अवनी ने हाथ छुड़ाते हुए बोला 'तुम भी अपना ख्याल रखना, अरनव तुम मेरे दिल में हमेशा रहोगे......................'

हँस दिया अरनव, 'मुझे पता है, चलो अब चलता हूँ, वापस जल्दी आऊँगा, बाय!' दौड़ पडा अरनव यूसूफ की तरफ और अवनी की पूरी बात नहीं सुन पाया।

'........... चाहें मै किसी और की ही क्यों न हो जाऊँ। अरनव मुझे माफ कर दो, पापा ने मेरी शादी कही और तय कर दी है। मैं तुमसे प्यार करती हूँ और हमेशा करती रहूंगी पर ईश्वर ने मेरी प्रेम कहानी अधूरी ही लिखी है। मेरी दुआएं तुम्हारे साथ हैं, भगवान तुम्हारे हिस्से के सारे गम मुझे दे दे

और मेरी खुशियाँ तुम्हें। अब हम कभी नहीं मिलेंगे अरनव, कभी नहीं!' अवनी ने दौड़ते हुए अरनव की तरफ पीठ कर ली और दुपट्टे से आँसू पोंछने लगी। एक और मासूम मोहब्बत का अध्याय खत्म हो चला था जिसमें मोहब्बत की हार हो रही थी और अवनी के पिता की जिद जीत की ओर चल पड़ी थी। एक बार फिर वो सूरज डूब रहा था जिसकी कोई सुबह नहीं होगी, दो पाक–साफ दिल साथ में कभी नहीं धडकेंगे, अब उनकी निगाहें कभी सपने नहीं बुनेंगी कभी छुअन का रोमांच, नजरों की लुका–छिपी, सम्मोहन का जादू उनके आस–पास भी नहीं होगा। ये था उनकी मोहब्बत का आखिरी पड़ाव।

जिन्दगी से मोहब्बत खत्म होने पर सूनापन इस कदर छा जाता है कि हम हँसते तो हैं पर आँखों में नमी सी रहती है, हम गाते हैं पर दिल में दर्द रहता है, हम जीते तो हैं पर ख्वाहिशें मर जाती हैं। अवनी भी इसी दर्द से गुजर रही थी। वो अपने पिता का विरोध नहीं कर पायी और लड़ती भी तो किसके सहारे। वो जो उसका होकर भी उससे दूर था। भाग कर उसके पास जाती भी तो दोनों एक नहीं हो पाते। दोनों की कच्ची उम्र, अरनव का नौकरी ना करना उनके मिलन में सबसे बड़ी बाधा थी। उसने विरोध करने की वजह हँसते हुए शादी के लिए रजामंदी दे दी। शादी के दिन पास आने लगे। अवनी का चेहरा पीला पड़ गया था। उसके गोरे रंग पर लालिमा नहीं पीलापन था, जो उसके दिल का हाल बयां कर रहा था। सिर्फ एक शख्स था जो उसकी स्थिति से पूरी तरह वाकिफ था पर सिर्फ तमाशाबीन बना खड़ा था और उस शख्स का नाम था यूसूफ। अवनी ने यूसूफ को अरनव की कसम दी थी कि वो शादी की बात अरनव को नहीं बतायेगा बल्कि उससे कह देगा कि अवनी ने अपनी मर्जी से शादी की है और वो बहुत खुश है। यूसूफ, जो इस मोहब्बत का ये अंजाम पहले से ही जानता था, वो भी अवनी से

मिलकर लौटने पर फूट–फूट कर रोया। उसे अरनव की बहुत चिन्ता हो रही थी कि पता नहीं इस सब का उस पर क्या असर होगा। उसे अच्छे से अरनव की जिद पता थी। ना जाने अवनी की शादी अरनव की जिन्दगी में क्या मोड़ लेकर आयेगी। इन सबके साथ इत्तेफाक ऐसा कि यूसूफ को अवनी की शादी में भोपाल जाना पड़ा। हर पल शादी का गवाह बना वो अरनव की खुशियों को तबाह होते देख रहा था। अरनव अवनी की मुलाकातों का गवाह उनके प्यार को हवन कुण्ड की अग्नि में होम होते देख रहा था पर कर कुछ नहीं पाया। शादी से लौटने पर दूसरे दिन ही अरनव का फोन आया और उसने सबसे पहले अवनी के बारे में पूछा। यूसूफ, जो उससे कभी झूठ नहीं बोलता, कह उठा– वो अच्छी है और तुझे बहुत याद करती है। अरनव के लिए तो ये बात ही एनर्जी बूस्टर थी। इससे पहले कि अरनव के सवालों की झड़ी लग जाए, यूसूफ ने टॉपिक चेंज कर दिया और उसकी ट्रैनिंग के बारे में पूछने लगा। अब तो ये सिलसिला बन गया। जब भी अरनव का फोन आता यूसूफ झूठ बोल देता या बात टाल देता। महीनों गुजरते गये। अरनव के लौटने का वक्त आया तो हर तरफ खुशी थी। दोनों घरों में उत्साह चरम पर था। चिन्तित था तो बस यूसूफ। ना जाने वो कैसे अवनी की शादी की बात अरनव को बतायेगा और ये बात अगर वो छुपा भी ले तो कब तक छुपा पायेगा? हर हाल में अरनव को पता लगना ही था और इसी बात से यूसूफ डर रहा था क्योंकि वो जानता था कि अरनव अंदर से टूटने वाला है जिसे फिर से जोड़ना यूसूफ के लिए बहुत मुश्किल होगा।

....

'तूने मुझे बताया क्यों नहीं... तू दोस्त नहीं दुश्मन है मेरा। आइंदा कभी मुझे अपना चेहरा मत दिखाना, नफरत हो

गयी है मुझे तुझसे, जा चला जा यहाँ से!' अरनव के शब्द तेजाब की तरह यूसूफ के कानों में घुल रहे थे। उसकी हालत और गुस्सा देख यूसूफ के तो जैसे हाथ–पांव ही फूल गये थे। उसने जल्दी से आगे बढ़कर कमरे में एक तरफ खड़े अरनव को गले लगा लिया। अरनव जोर से चिल्ला कर रो पड़ा।

'यूसूफ तूने मुझे बताया क्यों नहीं?'

वो ऐसा नहीं कर सकती। उसने वादा किया था मेरा इंतजार करेगी!' अरनव की आँखों में सावन की झड़ी लगी थी और ये बरसात रूकने का नाम नहीं ले रही थी। उसने भी यूसूफ को कस के गले लगा लिया मानो अब उसका सहारा सिर्फ यूसूफ है।

'यूसूफ! अवनी ऐसा नहीं कर सकती... उसने मुझसे वादा किया था!' अरनव ने यूसूफ को कंधे से पकड़ लिया। आँखों में आँखें डालकर पूछने लगा 'उसने कुछ कहा था मेरे लिए? .... बोल भाई!'

'नहीं...........!' यूसूफ नज़र चुराते हुए बोला।

'तो चल ,एक बार उसके घर चलते हैं, मुझे कुछ पूछना है उससे!'

'क्या पूछेगा? कहाँ जायेंगे?' यूसूफ उसकी हालत देख कर घबरा रहा था 'वो भोपाल में है अपने पति के साथ। शादी वाले दिन भी बहुत खुश थी। उसकी शादी उसकी मर्जी से हुयी है।'

'नहीं, मुझे फिर भी उससे मिलना है,' आँसू पोंछते हुए अरनव बोला 'मुझे मेरे सवालों के जबाव चाहिए। उसने मेरा इंतजार क्यों नहीं किया?'

'अरनव, पागल मत बन, अब वो किसी और की बीवी है।'

'होगी, कोई फर्क नहीं पड़ता मुझे। मेरे सवाल अधूरे हैं अभी, जबाव चाहिए मुझे, सुना तूने मुझे जबाव चाहिए उसकी बेवफाई का। वो मुझे नहीं भुला सकती, उसे मेरा होना ही पड़ेगा। यूसूफ! मैं कल भोपाल जा रहा हूँ। तू चलेगा?'

'अरनव तू कहीं नहीं जा रहा है समझा!' यूसूफ परिस्थिति को संभालने के लिए गुस्से में बोला।

'मुझे अभी कुछ समझ नहीं आ रहा, मुझे अवनी से मिलना है बस!' अरनव के आँसू जिद का रूप ले चुके थे।

'अरनव, तू शांत हो जा और अब तुझे मेरी कसम ना तू भोपाल जायेगा और ना अवनी से मिलने की जिद करेगा!'

'यूसूफ!' चिल्ला पड़ा अरनव।

'बस मैंने बोल दिया ना भाई तुझे कसम है मेरी!'

अरनव फफक कर रो पड़ा और रोते–रोते जमीन पर बैठ गया। यूसूफ गुमसुम सा उसका रोना देखता रहा। थोड़ी देर बाद उसने अरनव के कंधे पर धीमे से हाथ रखा अरनव ने उसका हाथ पकड़ा और उसे गले लगाकर रोता रहा और बस रोता ही रहा।

....

आज

'नन्दू उस रात हम दोनों बहुत रोये। मैं अवनी के लिए और यूसूफ मेरे लिए।' ....

दो मिनट चुप रहने के बाद अरनव बोला 'मैं सचमुच बहुत खुशकिस्मत हूँ कि यूसूफ मेरा दोस्त है। हमेशा दुआ करता हूँ कि हर जनम में वो मेरा यार बने।'

'अरनव!'

'हाँ!'

'मैं बहुत खुश हूँ कि आप मेरी जिन्दगी में आयें, नहीं जानती कि हमारे रिश्ते की मंजिल क्या है पर सब कुछ जानने–सुनने के बाद आप पर गर्व है मुझे। मैं हर वक्त आपके साथ चलना चाहती हूँ और एक बात और . . . बहुत खूब है आपकी यारी अरनव......... ।'

'हम्म!'

'एक बात पूछना चाहती हूँ?'

'हाँ पूछो ना!'

'क्या आपने यूसूफ को बताया है कि हम दोस्त है मतलब कि मैं और आप . . . ।'

'मतलब कि हम एक–दूसरे से प्यार करते हैं, यही ना!'

अरनव ने उसे सही करते हुए कहा। सोनल का अरनव पर विश्वास इन्हीं छोटी–छोटी बातों से बढ़ जाता था। जिन बातों को लेकर वो झिझकती थी, उन्हीं बातों को अरनव बड़ी आसानी से कह जाता था और वो भी बहुत आत्मविश्वास से। हालांकि सोनल स्वीकार कर चुकी है कि वो उसको प्यार

करती है परन्तु अपनी वैवाहिक और सामाजिक स्थिति के कारण यह बार–बार बोलने में उसे घबराहट होती है।

'नहीं, मैंने यूसूफ को नहीं बताया, तुम नहीं जानती बहुत उसूल वाला बन्दा है वो। या कहो सनकी है।' अरनव हँसते हुए बोला 'उसे पता चला कि तुम शादीशुदा हो और मैं तुमसे प्यार करता हूँ तो हंगामा कर देगा। पचास लेक्चर कौन सुनेगा उसके। और फिर फोन पर नहीं बताना चाहता था। अब मिलकर ही बताऊंगा। जा तो रहा ही हूँ अगस्त में, तब ही बताऊंगा। मुझे विश्वास है कि वो मेरी बात, मेरे प्यार को समझेगा।'

'ओके!'

'पर कोई है जिसको मैंने तुम्हारे बारे में बताया है!' अरनव खुश होते हुए बोला।

'अच्छा... किसे बताया है आपने!'

'मम्मा को!'

'क्या?.... आप भी गजब हो..... आपने अपनी मम्मी को बता दिया?... क्या बताया?.... क्या कहा उन्होंने?'

'अरे, मेरी जान, क्यों घबराती हो। सिर्फ ये बताया है कि तुम मेरी दोस्त हो, व्हाट्सएप पर दोस्ती हुयी है।'

'ओह... तो क्या कहा उन्होंने?'

'वही जो उनसे एक्सपेक्टेड था!' अरनव हँसते हुए बोला।

'हँस क्यों रहे हैं... ठीक से बताइये ना, क्या कहा उन्होंने?'

'मम्मा बोली कि तुम छोटे नहीं हो अरनव, सोच–समझ कर कदम बढ़ाना क्योंकि हर रिश्ते की अपनी सीमायें,

मर्यादाएं होती हैं, वो शादीशुदा है। उसके परिवार की इज्जत का मजाक मत बनवाना!'

'फिर आपने क्या कहा?'

'मैंने बोल दिया कि मम्मा आपको अपने मासूम से भोले–भाले, आज्ञाकारी बेटे पर भरोसा नहीं है क्या!' अरनव अपनी ही बात पर हँसने लगा।

सोनल को भी हँसी आ गयी पर तुरन्त वो थोड़ी गम्भीर हो गयी।

'अरनव आपकी माँ सच ही तो कह रही हैं। हर रिश्ते की अपनी एक सीमा होती है और मैं अपनी सीमाएं लांघ कर आपसे प्यार कर बैठी हूँ। सब कुछ तो है मेरे पास, पर आपसे प्यार क्यों हो गया, नहीं पता! पति हैं मेरे जो मेरी हर बात मानते हैं, पलकों पर बिठा कर रखते हैं, फिर भी आपसे प्यार हो गया। आपको कभी देखा नहीं, सिर्फ सुना है और एक आवाज के सहारे मैं इतना प्यार कैसे कर सकती हूँ.... पर प्यार हो गया। आपकी एक आवाज, एक कॉल पर मेरी साँसे थम जाती हैं... हाँ इतना ही प्यार हो गया है। आपको हर पल महसूस कर सकती हूँ, अहसासों में छू सकती हूँ, करीब आ सकती हूँ, बांहों में समा सकती हूँ, सच ही तो है ना सीमाएं ही तो तोड़ रही हूँ पर फिर भी आप से प्यार हो गया। अरनव ..... क्या मैं गलत हूँ? क्या शादी के बाद मेरे अहसास खत्म हो जाने चाहिए थे? क्या इस दिल को धड़कना बन्द कर देना चाहिए था? क्या मेरा प्यार गलत है? बोलो ना!'

'नहीं, बिल्कुल नहीं।' अरनव दृढ़ता से बोला 'हर व्यक्ति को जिन्दगी के किसी भी मोड़ पर प्यार का हक हैं पुरुष शादीशुदा होने के बावजूद किसी को देखे, तारीफ करे, प्यार करे तो सही लेकिन अगर स्त्री निगाह भर देख भी ले तो

गुनाह! और वैसे भी प्यार किया नहीं जाता है खुद–ब–खुद हो जाता है, इसका सबूत मैं और तुम हो। तुमने तो मुझे बिना शर्त के, बिना देखे प्यार किया है। नहीं जानता कि जब तुम मुझे देखोगी तो तुम्हारी उम्मीदों पर खरा उतरूंगा या नहीं पर मेरा प्यार तुम्हारी उम्मीदों से भी ज्यादा होगा। इतना प्यार करना है तुम्हें कि तुम मुझसे दूर जाने की सोच भी न पाओ। नन्दिनी! आज तुम्हें दिल की एक बात बताता हूँ... तुम्हें बेहद प्यार करने को दिल करता है, तुम मेरी बाहों में रहो और मैं तुम्हें कहीं जाने न दूं। तुम्हें अपने प्यार से सराबोर कर दूं। आँखें बंद करता हूँ तो तुम दिखती हो, आँख खुली हो तो सिर्फ तुम्हारी डीपी देखता रहता हूँ। तुम्हारी खनकती हँसी मेरे कानों में गूंजती रहती हैं, तुम्हारी आवाज में एक मधुर संगीत महसूस होता है।'

'क्या आप........ कुछ भी!' अपनी तारीफ पे सोनल थोडा शरमा और इठला गई।

'कुछ भी क्या... एक सोल्जर को कवि बना दिया तुमने और तुम्हारी इस आवाज ने। अब जल्दी से बताओ नन्दू कि हम कब मिलेंगे? कब मैं तुम्हें अपनी बाहों में ले पाऊँगा। बस बेताब हूँ अब तुमसे मिलने के लिए। बहुत सारी बातें करनी हैं, तुम्हें करीब से देखना है और हाँ जब मिलोगी तो ब्लैक और रेड ड्रेस मे आना, मेरा फेवरट है... तुम्हें उसी कलर में देखना है मुझे!'

'वो सब ठीक है अरनव, पर मिलना ....!'

शर्म और झिझक थी उसकी आवाज में। मिलना तो वो भी बहुत चाहती है पर ये कैसे संभव है? क्या कहेगी रोहन से, पल्लव को कहाँ छोड़ेगी क्योंकि घर पर अकेले वो रहता नहीं है। प्रिया को तो बताना ही पड़ेगा। किस–किस के सवालों के जबाव देगी। फिर भोपाल में कहीं भी जाये, उसे

डर बना रहेगा कि किसी ने देख लिया तो। उससे भी बड़ा डर यह है कि जब अरनव सामने होगा तो क्या वो खुद को संभाल पायेगी। जब उसके अहसास उसे फोन पर ही छू जाते हैं तो इतना पास होकर क्या वो उससे दूर रह पायेगी। कैसे बात कर पायेगी उससे? जब वो प्यार से पुकारता है तो पलकें इतनी बोझिल हो जाती हैं कि उठ ही नहीं पाती और यहाँ जब वो सामने बैठ कर उसे देखेगा तो वो उसकी तरफ नजर उठा कर देख भी नहीं पायेगी। उसकी साँसों की आवाज उसे फोन पर ही बेसुध कर जाती है तो कहीं अगर वो करीब आ गया तो क्या वो खुद को संभाल पायेगी या उन साँसों की गर्मी में पिघल जायेगी। उसका हाथ थामने की कल्पना, एक ख्वाब के पूरे होने जैसी है जो उसे आसमां की सैर करा देता है। जब वो सच में उसका हाथ थाम लेगा तो वो खुद में सिमट जायेगी। उसके साथ का ख्याल ही उसकी धड़कने थमा देता है तो जब वो ....।'

'क्या सोच रही हो? अभी तो मैं सामने हूँ, ख्यालों में मत सोचो!' अरनव जैसे उसके मन तक में झांक लेता है कि किस वक्त जेहन में क्या चल रहा है।

'बस यही सोच रही हूँ कि हम मिल नहीं पायेंगे!' सोनल उदास होकर बोली।

'फिर वही बात.......... प्यार करती हो ना मुझसे!'

'हाँ!'

'चलो आज बता ही दो कितना करती हो?'

'मुझे खुद नहीं पता। बस इतना जानती हूँ कि आपसे बहुत प्यार हो गया है!'

'नन्दू!'

'हाँ!'

'आई लव यू यार। प्लीज मिलने के लिए मना मत करो। मुझे विश्वास है तुम जब मुझसे मिलोगी तो वो हमारी जिन्दगी का सबसे खूबसूरत दिन होगा प्लीज यार..........!'

'आई एम सॉरी... अरनव! आई डोण्ट वान्ट टू डिसअपाइण्ट यू बट इट इज नॉट पॉसीबल!'

'मैंने कह दिया ना कि हम मिल रहे हैं तो बस मिल रहे हैं। तुम्हें मुझसे मिलने में डर कैसा? मैं तुम्हें तुम्हारी मर्जी के बिना हाथ भी नहीं लगाऊँगा, प्रॉमिस!'

'ये बात नहीं है!'

'क्या बात है... मतलब मैं तुम्हें छू सकता हूँ, किस कर सकता हूँ, बहुत सारा प्यार भी कर सकता हूँ। वाउ यार ये हुयी ना बात!' अरनव कभी गम्भीर नहीं हो सकता। ये शरारतें ही उसे दूसरों से अलग बनाती हैं।

'जी नहीं.... कुछ भी समझते हो आप!'

'मैंने क्या समझा, तुमने ही तो कहा ना माई लव!'

'अरनव!'

'बोलिए जनाब, बस बोलते ही रहिए। पर ना मिलने की बात नहीं सुनूंगा!'

'मेरे साथ बहुत बंधन है, मैं सच में नहीं मिल पाऊंगी और ये मैं लास्ट बार बोल रही हूँ।'

'तुम्हें मिलना ही पड़ेगा, अगर नहीं मिल सकती तो मुझे आइंदा कभी फोन मत करना। तुम मेरी आवाज सुनने को तरस जाओगी। मैं तुमसे प्यार करता हूँ और हमेशा करता रहूंगा पर अगर तुम मेरी इतनी सी बात नहीं मान सकती तो मैं भी तुम्हें कभी फोन नहीं करूंगा। नन्दू! अपना ख्याल रखना... बाय!'

फोन कट चुका था। अरनव की बस यही बात उसे गलत लगती थी। जब बात करता है तो फोन कट नहीं करने देता और जब गुस्सा हो तो तुरन्त फोन काट देता है। बहुत जिद्दी है वो, पर सोनल उसकी ये जिद भी तो नहीं मान सकती। नारी सुलभ संकोच, समाज का डर, पति से झूठ बोलने का अपराध बोध सभी कुछ सामने आ गया उसके। सोच ही नहीं पा रही कि क्या करे?

रात के डेढ़ बज चुके थे। मद्धम सी हवा थी, चाँद की हल्की रोशनी और गहन सन्नाटा बाहर मौसम में और मन के भीतर भी। आँखों से नीद कोसों दूर भाग चुकी थी। कारण स्पष्ट था, अरनव की नाराजगी। आँखों से आँसू बह चले। सोनल, अरनव की डीपी को प्यार करते हुए बोली, 'मैं भी आपसे मिलना चाहती हूँ पर आई एम सॉरी, मिल नहीं पाऊंगी। आई एम सॉरी अरनव... आई एम सॉरी!'

बहते–बहते आँसू, गालों पर सूख चुके थे और अब सिसकियों की आवाज धीमी–धीमी सी सुनी जा सकती थी। बेचैन सी आँखों में अरनव की मोहब्बत करवट लेती रही और सोनल बिस्तर पर।

पैतीसवां दिन

रात में बहुत देर से सोने के कारण सोनल की आँख आज देर से ही खुली। आँखें पूरी तरह सूजी हुई थी। मन चुप था, कोई विचार नहीं आ रहा था, चेहरा भाव शून्य था जो उसकी मन की स्थिति का पर्याय बना बैठा था। ना हँसी, ना खुशी, ना आँसू, ना गम, सिर्फ एक भाव, एक अहसास, एक अरमान और सिर्फ एक नाम 'अरनव'। बेड पर लेटे–लेटे ही सोनल शून्य में निहार रही थी। अरनव नाराज है, जानती है वह कितना जिद्दी है। बिना उसकी बात माने वो उसे मना ही नहीं सकती। पर बात माने भी कैसे? भोपाल में वो मिलना नहीं चाहती, इन्दौर जा नहीं सकती, अरनव को घर बुला नहीं सकती, होटल में मिल नहीं सकती। हजार पाबन्दियाँ हैं उनकी इस मुलाकात पर और ये पाबन्दियाँ सोनल की ही ओढी हुयी हैं।

ये प्यार उसे बहुत तड़पा रहा है... इस हद तक कि आंसूओं से आँखें भरी हुयी हैं, दिल में दर्द है, धड़कन सामान्य से तेज भागे जा रही है। बेड से उठने का मन ही नहीं कर रहा है 'पर अब ये नहीं चलेगा' सोचा उसने 'कुछ तो करना ही पड़ेगा!'

सोनल को दो रास्ते सामने दिखाई दे रहे थे या तो वो अरनव से मिल ले या फिर अपनी मर्यादा में रहे और उसे भूल जाये। अगर पहला रास्ता थोड़ा कठिन है तो दूसरा उसके लिए असंभव। वो अरनव को नहीं भूल सकती। वो कहीं भी रहे उस सोल्जर की याद हर वक्त उसके साथ परछाई की तरह चलती है। कुछ गाने, कुछ बातें यहाँ तक कि सिर्फ आर्मी शब्द उसे अरनव की याद दिलाता है। वो कुछ भी कर ले साँसों की तरह अरनव की याद स्वछंद रूप से आती–जाती रहेगी।

वो समझ गयी कि अरनव को भुलाना अब उसके लिए असंभव है। एक बार फिर सोनल अपने मन को टटोलने लगी कि क्यों वो उससे मिलने को तैयार नहीं है, उसे डर किस बात का है? इतना तो वो अरनव पर विश्वास कर ही सकती है ना? वो उसका दीवाना हुआ जा रहा है और सोनल उसके साथ सख्ती से पेश आ रही है। क्या हुआ अगर मिल लिया तो। दो दोस्तों की तरह नहीं मिल सकती क्या? अगर कोई देख भी ले तो वो कुछ गलत तो नहीं कर रही है ना। लगातार द्वंद चल रहा था उसके मन में। फिर एक बार दिल और दिमाग की जंग शुरु हो चुकी थी।

अचानक सोनल बेड से उठ खड़ी हुयी और उसने फैसला लिया 'मै अरनव से जरूर मिलूंगी, प्यार करती हूँ मैं उससे और न मिलने की इतनी बड़ी सजा ना मैं उसे दे सकती हूँ, ना खुद को!' इस फैसले के बाद सोनल का मन शांत हो गया उसे अच्छा लगने लगा था। सोचा अरनव को खुशखबरी सुनाती हूँ, वो तो खुशी से उछल ही पड़ेगा। खुश होकर जैसे ही फोन हाथ में उठाया, सामने प्रिया का नाम स्क्रीन पर चमक उठा।

सोनल अपने फैसले से बहुत खुश थी। उसने तुरन्त प्रिया का फोन अटेण्ड किया–

'हैलो!'

'हैलो, सोनू क्या हाल है तेरा!' प्रिया की आवाज से पता चल रहा था कि वह बहुत खुश है।

'मैं ठीक... और तू बता इतनी सुबह–सुबह कैसे फोन किया, लगता है रिद्धि–सिद्धि अभी सो ही रही हैं!'

'हाँ यार, इसीलिए सोचा तुझसे बात कर लूँ.... सुन सोनल, वो जो हमारे पड़ोस में छः महीने पहले नयी फैमिली

आयी थी ना जिनकी बेटी से तू पिछली बार मिली थी, नगमा नाम है उसका...!'

'हाँ याद है, उन लोगों से मिलकर अच्छा लगा था यार, बहुत ही जेण्टल फैमिली है और नगमा तो बहुत ही खूबसूरत और प्यारी लड़की है।'

'हाँ यार, नगमा का निकाह तय हो गया है!'

'अरे वाह, ये तो बहुत खुशी की बात है, कब की है शादी!'

'पाँच जून और नगमा ने स्पेशली तुझे बुलाया है। पता तो है ना पचास से ज्यादा लोग शादी में नहीं जा सकते और नगमा के अम्मी–अब्बू यहाँ किसी को नहीं जानते। बस हम लोगों से ही अच्छी तरह परिचित हैं। नगमा तुझसे इतना प्रभावित है कि जिद् कर रही थी कि सोनल दीदी को जरूर आना है।'

'ओह... पाँच जून मतलब सिर्फ पंद्रह दिन ही रह गये हैं। ठीक है... मैं जरूर आऊंगी, पल्लव को भी एक चेंज मिल जायेगा। वैसे कहाँ से तय हुयी है शादी?'

प्रिया बोली– 'लड़का इन्दौर से है, प्राइवेट जॉब में मैनिजिंग पोस्ट पर है। इकलौता बेटा है, यूसूफ नाम है उसका।'

'क्या...!' सोनल चौंक गयी। कहीं ये अरनव का दोस्त यूसूफ तो नहीं। उसने पूछ ही लिया 'लड़के के माता–पिता का नाम क्या है?'

'पिता का नाम तो नहीं पता पर मेन मार्केट में शॉप है। हाँ उसकी मम्मी का नाम सलमा है। कल नगमा के मम्मी–पापा उनकी बहुत तारीफ कर रहे थे। तो अब तू प्लान

बता, शादी में आयेगी ना? इन्दौर चलना है, चार की शाम को जायेंगे, पाँच का निकाह है।'

'ओह माई गॉड!' सोनल को लगा कहीं वो खुशी से पागल न हो जाये। ये तो अरनव का यूसूफ है। जी चाह रहा था कि वो प्रिया को गले लगा ले इतनी अच्छी खुशखबरी के लिए। ये रास्ता तो आसानी से अरनव से मिलवा सकता है और उसे किसी से झूठ भी नहीं बोलना पड़ेगा। अब अरनव उसके सामने होगा।

'ए सोनू सुन रही है ना... कहाँ खो गई... बता क्या बोलना है नगमा को। चलेगी कि नहीं?'

'बिल्कुल चलूंगी मेरी जान... तूने तो मस्त खबर सुनाई है।'

'तू कुछ ज्यादा ही खुश नहीं हो रही... निकाह नगमा का है तेरा नहीं!'

सोनल अपनी ही खुशी पर शरमा गयी। अरनव से मिलने की खुशी में भूल गयी कि सामने फोन पर प्रिया है अरनव नहीं। बात संभालते हुए बोली–

'हाँ मुझे पता है। इतने दिन बाद घर से बाहर निकल पाऊंगी इसीलिए खुश हूँ। मेरी तरफ से नगमा को बधाई देना, मैं शादी में जरूर चलूंगी।'

'ओके...! चल फिर बाद में बात करते हैं। फोन रखती हूँ!'

'ओके बाय!'

फोन कट करने के बाद सोनल फोन को हाथ में लिए–लिए ही बिस्तर पर धम्म से बैठ गयी। कुछ समझ ही नहीं पा रही थी कि अचानक इतनी बड़ी खुशी उसकी झोली में कैसे आ गिरी। अरनव से मिलने का ख्याल कितना

रोमांचक लग रहा था। वो अब अरनव को देख सकती है। वाउ यार! इससे ज्यादा खुशी की बात कुछ हो ही नहीं सकती पर एक ख्याल से ही उसकी खुशी पर ब्रेक लग गया। कहीं ये कोई दूसरा यूसूफ तो नहीं। क्यों न अरनव को फोन करके पूछा जाये।

रिंग बज रही थी पर अरनव ने फोन नहीं उठाया। सोनल समझ गयी बहुत नाराज है वो। उसने दोबारा डायल किया। अभी भी उसने फोन नहीं उठाया पर सोनल को आज उससे कोई नाराजगी नहीं है बल्कि बहुत प्यार आ रहा था उसे अपने उस क्यूट और रयूड सोल्जर पर जो नाराज भी होता है तो उससे प्यारा कोई नहीं लगता। उसने तीसरी बार फोन लगाया, अरनव ने उठाया तो पर बोला कुछ नहीं।

'............'

'हैलो! मे आई टॉक टू मिस्टर अरनव राणा!'

'जी नहीं!'

'क्यों जी, हम बात क्यों नहीं कर सकते अपने सोल्जर से!'

'क्योंकि आई हेट यू!'

'बट आई लव यू!' सोनल का अच्छा मूड उसकी बातों में झलक रहा था।

'झूठा प्यार मत दिखाओ!'

'झूठा नहीं, चौबीस केरेट गोल्ड की तरह सच्चा प्यार है मेरा!'

'तो प्रूव करो!' अरनव भी उसे छेड़ने से बाज नहीं आ रहा था।

'बताइये कैसे प्रूव करना है?'

'रहने दो, मुझे कोई सबूत नहीं चाहिए अपने दुश्मन से!'

'अच्छा जी... तो मैं दुश्मन हो गयी।'

'बिल्कुल!'

'सच में!'

'हाँ!'

'सच्ची!'

'हाँ बोला ना!'

'तो ठीक है, आपकी दुश्मन की तरफ से आपके लिए एक शे'र अर्ज़ किया है–

'मेरा नज्म भी खूबसूरत हो जाए

गर तेरी बेरूखी मोहब्बत हो जाए'

अरनव हँस पड़ा 'पर इससे कुछ नहीं होगा, मैं नाराज हूँ और बहुत नाराज हूँ!'

'तो ठीक है, मैं फोन रखती हूँ!' उदास हो गयी सोनल।

'ठीक है!'

सोनल ने फोन काट दिया। इतनी नाराजगी भी अच्छी नहीं। उसे अब थोड़ा–थोड़ा गुस्सा आने लगा था। तुरन्त अरनव का फोन आया।

'हैलो!' थोड़ा उदासी से बोली सोनल।

'आई हेट यू मेरी दुश्मन'

'ये आप बोल चुके हो, कुछ नया बोलो........!'

'नया ये है कि मेरा प्रोग्राम चेंज हो गया है... अब मैं इन्दौर तीस मई को जा रहा हूँ और रिटर्न टिकट बीस जून का है।'

'क्यों जा रहे हैं इतनी जल्दी!' सोनल ने मुस्कुराते हुए शरारत से पूछा।

'यार एक गुड न्यूज है, यूसूफ की शादी अचानक फिक्स हो गयी है तो मैं जा रहा हूँ मेरे यार की शादी में।' खुशी छलक पड़ी थी अरनव की आवाज से।

'गुड... खूब इन्जॉय करेंगे ना!'

'हाँ यार, अच्छा ये बताओ मेरी दुश्मन कि ड्रेस क्या लेनी चाहिए?'

'शेरवानी अच्छी लगेगी और ब्लैक के साथ लाइट कलर का कॉम्बीनेशन आजकल ट्रेण्ड में है।'

'ओके... डन...! शेरवानी इन्दौर से ही खरीदूंगा। तुम्हें पिक सेण्ड करूंगा ओके?'

'हम्म!'

'अच्छा ये बताओ गिफ्ट क्या खरीदूं भाभी के लिए?'

'पिक भेजो अपनी भाभीजान की, तो सजेस्ट करूं!'

'ओके...! यूसूफ ने कल रात ही एक फोटो भेजा था, तुम्हें फॉरवर्ड करता हूँ, नगमा नाम है उनका, बहुत खूबसूरत हैं वो!'

पिक देखते ही सोनल ने राहत की सांस ली... ये नगमा ही थी।

'आई थिंक गोल्ड इयररिंग्स अच्छे लगेंगे।'

'ओ... यस! ये अच्छा आइडिया है। काश तुम शॉपिंग पर चल सकती तो मेरा काम आसान हो जाता!'

'पर हम मिल नहीं सकते ना!' सोनल उसे छेड़ते हुए बोली।

'तुम फोन कट करो अभी के अभी और आइंदा ये अहसास दिलाने की कोशिश मत करना कि हम मिल नहीं सकते, आई हेट यू!'

'बट आई लव यू सो मच!'

'देखो आज मेरा मूड बहुत अच्छा है और तुमसे झगड़ने का कोई प्लान नहीं हैं।'

'तो क्या मैं झगड़ती रहती हूँ!'

'नहीं लड़ता तो मैं हूँ... तुम जैसे मासूम लोग तो बस कत्ल करते हैं हमारी तमन्नाओं का!'

'कुछ भी.... हाँ!'

'क्या कुछ भी... सही तो कहा। अच्छा सुनो नन्दू! इन्दौर में तुमसे ज्यादा बात नहीं कर पाऊंगा। लौटकर तुम्हें सारे किस्से सुनाउंगा, सच में यार बहुत मजा आने वाला है वहाँ।'

'मजा तो आयेगा ही भई, दोस्त की शादी जो है और हाँ अगर कोई लड़की दुल्हन साइड में पसन्द आ भी जाये तो खुद भी निकाह मत पढ़वा लेना वरना आपकी नन्दू का क्या होगा!' सोनल छेड़ती हुई बोली।

'वाह क्या आइडिया दिया है यार... अब तो तुम देखना एक अच्छी सी लड़की को पटाकर तुम्हें पिक भेज–भेज कर जलाता रहूंगा।

'चलिए देखते हैं आपको मुझसे अच्छी कौन मिलेगी?'

'मिलेगी और जरूर मिलेगी, मैं उसे पटाऊंगा, पिक भी भेजूंगा, जो तुम्हें करना है कर लो!'

'नाउ, आई हेट यू फॉर दिस!' सोनल खुशी को छुपाती हुई बोली।

अरनव हँस दिया 'तुम्हारी तो नफरत भी कुबूल है हमें मेरी जान!'

'.....................'

'नन्दू!'

'हाँ!'

'चुप क्यों हो गयी, आई लव यू यार! अच्छा एक बात तो बताना भूल ही गया। कल मैंने एक गिफ्ट खरीदा है तुम्हारे लिए, एड्रेस सेण्ड करो, भेजना है तुम्हारे पास!'

'अरनव... मैं आपसे गिफ्ट नहीं ले सकती!'

'क्यों नहीं ले सकती..... यार तुम हर बात में ना क्यों बोलती हो... एड्रेस भेजो अभी!'

'ओके!'

'ठीक है... फिर रात में कॉल करता हूँ!'

'हम्म!'

'बाय... और हाँ एड्रेस अभी आ जाना चाहिए!'

'ओके बाय!' सोनल को आज से पहले इतनी खुशी कभी नहीं मिली थी। आज वो खुशी के सातवें आसमान पर थी।

बयालीसवां दिन

पिछले सात दिनों से अरनव उसे रोज फोन करता और मम्मी–पापा, सलमा अम्मी, यूसूफ के बहुत सारे किस्से सुनाता रहता। कभी उनकी शॉपिंग की बातें, कभी खुद उसके वहाँ पहुँचने की उत्सुकता। हाँ एक बात, जो वह कभी नहीं भूलता, वो थी सोनल को ये अहसास दिलाना कि अरनव उसे कितना प्यार करता है। अरनव सिर्फ सोनल से नहीं बल्कि अपने से जुड़े हर व्यक्ति को प्यार करता था पर इन सभी से ऊपर थी उसकी यूनिफॉर्म, ड्यूटी। अगर हर एक को क्रम में लगाया जाये तो वर्दी के बाद यूसूफ का नम्बर आयेगा। यूसूफ उसकी धड़कन था। सोनल ने कभी ये जानने की कोशिश नहीं की कि उसका नम्बर अरनव की लिस्ट में कौन सा है? उसे तो सिर्फ इस बात का ही गर्व था कि अरनव उसे बहुत प्यार करता है। अरनव का प्यार उसके लिए समुद्र में मिले सच्चे मोती जैसा है जो बेशकीमती है।

अरनव से मिलने की बेताबी उसकी तैयारियों में देखी जा सकती थी। वो क्या ड्रेस पहनेगी, क्या ज्वेलरी अच्छी लगेगी, कैसा हेअरस्टाइल रखना है, सब कुछ फाइनल हो चुका था। वो हर तरह से परफेक्ट लगना चाहती थी। वहाँ पर अरनव की फैमिली भी होगी। क्या अरनव उसे उनसे मिलवायेगा? पता नहीं क्या होगा पर वो ये सब सोचकर अपनी खुशी को कम नहीं करना चाहती थी।

'डिंग डांग!'

इतनी सुबह कौन होगा अभी तो सिर्फ दस बजे हैं। उसने दरवाजा खोला, देखा तो कोरियर बॉय।

'मैम, आपका पार्सल श्रीनगर से!'

'ओके, थैंक्यू भैया!' साइन करते हुए बोली।

अरनव का गिफ्ट आ चुका था। सेनिटाईज करने के बाद धड़कते दिल से उसने गिफ्ट खोला, एक बेहद खूबसूरत साड़ी– ब्लैक और रेड कॉम्बीनेशन में।

उसने तुरन्त अरनव को मैसेज सेण्ड किया।

'थैंक्यू, बहुत खूबसूरत पसंद है आपकी!'

'क्यों, खुद को आइने में देख लिया क्या!' तुरन्त अरनव का मैसेज आया। उसकी हाज़िर जबावी की वो कायल हो चुकी थी। उसने तुरन्त फोन लगाया–

'जी मैं आपके गिफ्ट की बात कर रही हूँ, साड़ी की!'

'हाँ तो तुम और वो साड़ी दोनो मेरी पसंद हो और दोनों ही लाजबाव हो!'

सोच में पड़ गयी सोनल कि शब्दों से दिल जीतना तो कोई इस शख्स से सीखे!

'नन्दू, मैं तुम्हें पहली बार इसी साड़ी में देखना चाहता हूँ जब भी हम मिलें तब!'

'बिल्कुल!'

'तो कब मिल रहे हैं हम..... खैर छोड़ो तुमसे तो ये पूछना ही बेकार है!'

सोनल मुस्कुरा रही थी। मालूम था उसे कि उन दोनों की तमन्ना कितनी जल्दी पूरी होने वाली है। अब उसे पाँच तारीख का इंतजार था।

'किन ख्यालों में खो गई डियर!' सोनल चौंक गयी 'सुनो, कल फोन नहीं कर पाऊंगा। कुछ अरजेन्सी है और उसके एक दिन बाद फ्लाइट है तो अगर फोन नहीं आया तो टेन्शन मत लेना, मैसेज भेजता रहूंगा।'

'अरनव.......आई लव यू!'

'आई नो!'

'आई लव यू ना!'

'हाँ मैंने सुना!'

'आई एम गोइंग टू मिस यू!'

'मी टू!'

'काश! आप मेरे सामने होते तो अभी आपको हग कर लेती, ना जाने आपसे बिना बात किये कैसे रह पाऊंगी!' पिघली सी उदासी और गहन पीड़ा यही उसकी आवाज में महसूस किया जा सकता था।

'नंदिनी, मैं भी तुम्हें बहुत मिस करूंगा। काश! हम सच में मिल सकते... खैर जब तुम चाहो!'

'अगर मैं बात नहीं कर पाया तो भी अपना ख्याल रखना, ये सोचना मुझे हर वक्त तुम्हारी फ्रिक रहती है!'

'अरनव, प्लीज आप कहीं मत जाओ... बस मेरे पास आ जाओ। सच में आज आपको गले लगाने का, प्यार करने का दिल कर रहा है। मैं आपको कहीं भी नहीं जाने देना चाहती!'

'नन्दू मैं भी यही चाहता हूँ। पल भर भी तुम्हारे ख्याल के बिना, तुमसे बात किये बिना नहीं रह सकता। जानती हो इतना प्यार है तुमसे कि अगर मर भी गया ना तो भी तुम्हें प्यार करने के लिए दूसरा जन्म लेना चाहूँगा!'

'अरनव!' कहकर सोनल रो पड़ी।

'प्लीज नन्दू, रोना नहीं। बस थोड़े दिन की बात है, हम फिर से बात किया करेंगे... चलो आज मैं तुम्हारी एक विश पूरी किए देता हूँ!'

'क्या?' आँसू पोंछते हुए सोनल बोली।

'तुम मुझे देखना चाहती हो ना! तो बताओ पिक सेण्ड करूं या वीडियो कॉल करूं?'

'सच में!'

'हाँ, बताओ ना!'

'नहीं, आज रहने दीजिए। अब हम जल्दी मिलेंगे, तभी आपको देखूंगी!'

'इन्तजार कर लोगी इतना?'

हाँ.....क्योंकि इश्क मुझे आपकी सीरत से हुआ है, सूरत से नहीं बस इतना समझिए।'

'ये तो इश्क की इंतहां हो गयी।'

तुझे देखा भी नहीं और मोहब्बत बेहिसाब हो गई'

'ओह नन्दिनी, आई लव यू वैरी वैरी मच!'

'मी टू!'

'एक वादा करोगी?'

'क्या?'

'एक बार सिर्फ एक बार मुझसे मिल लोगी। मैं उसी छवि को दिल में बसाकर जिन्दगी भर जी लूंगा प्लीज नन्दू!'

'प्लीज मत बोलिए, मैं खुद भी आपसे मिलना चाहती हूँ। आई प्रॉमिस अब हम बहुत जल्द मिलेंगे, कहकर सोनल रोने लगी। आँसू थम ही नहीं रहे थे, ये जानते हुए भी कि पाँच तारीख को वो अरनव के सामने होगी। प्यार अपने चरम पर था। दो दिल प्यार में ऐसे गिरफ्तार थे कि एक पल की भी दूरी अब बर्दाश्त नहीं थी। ये जानते हुए भी कि वो कभी एक नहीं हो सकते, मन से वो पूरी तरह से एक–दूसरे के हो चुके थे। मन से जुड़ी मोहब्बत खुदा की इबादत की तरह होती है जिसमे बंदा हँसता है, रोता है, तन्हाई में महफिल

सजाता है और महफिल में महबूब की याद के साथ तन्हा हो जाता है। आँखे बंद करने पर हजारों सपने महबूब की शक्ल इख्तियार कर लेते हैं और आँखें खुली होने पर हर जगह वही दिखता है। उसकी हर एक बात, अदा... और हर अदा दिल को कसक दे जाती है। हर पल साथ–साथ रहने की चाह उठती है और चाह मुकम्मल न होने पर दिल में दर्द। बस यही हाल था दोनों का।

ऐसा नहीं था कि दोनों ने पहली बार प्यार किया था। दोनों को इश्क दोबारा हुआ था पर इसकी महक इत्र सी दोनों की साँसों में घुल गयी थी। मिनटों तक फोन पर खामोशी छाई रही। सोनल के आंसू बहे जा रहे थे और अरनव चुपचाप सर झुकाये बैठा था। जानते थे दोनों कि बस कुछ दिनों बाद वे फिर से बात कर सकेंगे पर बीस दिन की दूरी उन्हें पागल किये जा रही थी।

'नन्दू!'

'हाँ!'

'सुनो!'

'हाँ!'

'तुम अपना ख्याल रखोगी ना मेरी अमानत समझ कर!'

सोनल और ज्यादा रोने लगी पर इस बार कारण जुदाई नहीं अरनव का उसके लिए बहुत प्यार था।

'प्लीज नन्दिनी.........अब नहीं रोना है। जब मैं वापस तुम्हें कॉल करूँ तो मुझे मेरी हँसती हुई नन्दू वापस चाहिए!'

'हम्म!'

'तुम्हें मेरी कसम अब नहीं रोओगी!'

सोनल कसमों पर विश्वास करने लगी थी। वो किसी भी हाल में अरनव की कसम नहीं तोड़ सकती थी इसीलिए तुरन्त आँसू पोंछ लिए।

'मैं आपका इन्तजार करूंगी!'

मुझे भी लौटने की जल्दी रहेगी, तुमसे बहुत बातें जो करनी होंगी पर मेरे जाने के बाद रोओगी नहीं... प्रॉमिस!'

'प्रॉमिस!' मुस्कुराहट का इंन्द्रधनुष उदासी के परे खिल उठा था।

'चलो फिर जल्दी से गुड बाय किस करो!'

सोनल ने प्यार से उसे फोन पर ही किस किया।

'क्या बात है, चलो आज फोन पर ही सही। मिलने पर हकीकत में ले लूंगा बाय.... लव यू जान!'

फोन कट चुका था। सोनल हाथ में फोन लिए विचार शून्य खड़ी थी। इतने थोड़े ही दिनों में अरनव उसके कितना करीब आ गया था कि आज जब वो थोड़े दिन के लिए उससे दूर हो रहा है तो सोनल को निराशा के घने काले बादल घेरे खड़े हैं। अरनव उसे अपने मन का वो अभिन्न हिस्सा लग रहा था जिसके बिना दुनिया के सारे सुख फीके प्रतीत हो रहे थे। उसे लगा मानो अरनव से उसका जन्म–जन्म का नाता है और वो उसे सिर्फ प्यार करने के लिए धरती पर आया है। इतना प्यार, इतना अपनापन पाकर वो निहाल हो चुकी थी। इश्क अपनी बुलन्दियों को छू रहा था और इन दूरियों में भी नज़दीकी का अहसास था जिसे सोनल दिल की गहराईयों में महसूस कर रही थी।

चवालीसवां दिन

मई की गर्मी अपने चरम पर थी। कल शाम से ही सोनल की सोसाइटी में पॉवर कट था, कोई टेक्निकल इश्यू था जिसके कारण सोनल जल्द ही सोकर उठ गयी थी सुबह के पाँच बजे थे। सुबह उठते ही उसे पहला ख्याल अरनव का ही आता था। कल फ्लाइट है उसकी, सोचते ही मुस्कुरा दी। कितने कम दिन रह गये हैं उनकी मुलाकात में। जिसका ख्याल इतना खूब है जब वो रु–ब–रु होगा तो किसी और ख्याल की कोई जगह नहीं होगी। सिर्फ उन दोनों की निगाहें बात करेंगी, इतने लोग जो सामने होंगे। अरनव तो उसे पहचान लेगा पर वो कैसे पहचानेगी? सोच में पड़ गयी सोनल... फिर ख्याल आया कि अरनव उसे शेरवानी का फोटो तो भेजेगा ही, उसी से पहचान लेगी और जो यूसूफ के सबसे करीब होगा, वही होगा उसका कमाण्डो।

अचानक ही उसके विचारों पर ब्रेक लग गया।

'अरे, मुझे बैग खरीदने जाना है, नहा–धोकर प्रिया को फोन करती हूँ, मार्केट से और भी खरीदारी करनी है,' खुद से ही बोली सोनल। सब काम खत्म करते–करते दस बज चुके थे और अब तक लाइट भी ठीक हो गई थी। प्रिया को फोन लगाया उसने पर फोन नहीं उठा।

'थोड़ी देर से करती हूँ,' सोचते हुए उसने अरनव के पुराने चैट्स पढ़ने शुरु किए। पहला ही मैसेज उसकी सारी यादें ताजा कर गया कि किस तरह से एक अजनबी बनकर आया अरनव आज उसकी जान बन गया है। कल्पनाएं किस तरह से सच होती हैं, कोई आज उससे पूछे तो वो बता पायेगी कि प्रेमी के रूप में जिस ब्लंटशली की उसने कल्पना की थी वो अरनव के रूप में हकीकत बन चुका है। सच ही कहा है किसी ने कि हमारी शक्तिशाली कल्पनाएं हमारे

सामने हकीकत के रूप में साकार होती ही हैं। पर इस तरह तो उसने सोचा ही नहीं थी। ब्लंटशली के प्रति दीवानगी और अरनव के प्रति मोहब्बत में बहुत सी बातें कॉमन थी पर एक बात जो उसे विस्मित करती, वो थी कि उसने दोनों को नहीं देखा और दोनों से ही उसे बहुत प्यार है पर अरनव के ख्याल से वो थोड़ा सा परेशान हुई कि उसने दो दिनों से कोई मैसेज नहीं भेजा। फिर याद आया कि उसने कहा था बिजी रहूंगा, चिन्ता मत करना। मौका मिलते ही मैसेज या फोन करूंगा।

घर का काम हो चुका था, अरनव से बात हो नहीं सकती, प्रिया ने अभी कॉल अटेण्ड नहीं किया तो सोनल सोचने लगी कि चलो तब तक अरनव की भेजी साड़ी ट्राई की जाए क्योंकि वही साड़ी सोनल निकाह में पहनने वाली थी। साड़ी पहनकर देखा तो खुद को देखती रह गयी आइने में... वो नहीं, अरनव का प्यार खिल उठा था।

'गजब का है दिन सोचो ....'

ओह प्रिया का फोन है।

'हैलो प्रिया, कैसी हो? फोन क्यों नहीं उठाया था।'

'मैं नगमा के घर गई थी, फोन घर पर ही भूल गयी थी!'

'ओके.... तो तैयारी कैसी चल रही है शादी की?!'

'सोनू, शादी पोस्टपोन हो गई है।'

'क्यों? सोनल चौंक गई।

'वो यूसूफ मियाँ जो हैं, उनके एक दोस्त श्रीनगर में पोस्टेड थे, परसों के आतंकवादी हमले में शहीद हो गये।

'क्या ....!' सोनल के हाथ से मोबाइल छूट गया 'कही अरनव.......नहीं–नहीं, ये नहीं हो सकता,' उसने फोन जल्दी से उठाया।

'क्या बोल रही है प्रिया, ये सच नहीं हो सकता यार!'

'यही सच है सोनू। और तूने कल न्यूज नहीं देखी क्या? दो कमाण्डो शहीद हुए हैं जिसमें से एक अरनव राणा, यूसूफ के दोस्त थे। आज उनका पार्थिव शरीर श्रीनगर से इन्दौर पहुँच गया है। एम.पी. न्यूज चैनल पर लाइव टेलीकास्ट आ रहा है। इन्दौर में उनके घरवालों को दिखाया जा रहा है।

सोनल सुन्न हो गयी। कुछ भी सुनाई नहीं दे रहा था। अरनव उससे दूर नहीं जा सकता। उसने तुरन्त न्यूज लगायी। दो कमाण्डोज की फोटो सामने स्क्रीन पर थी। उनके नाम उसे दिखाई नहीं दे पा रहे थे, आंसू जो आँखो में भर गये थे। जल्दी से आँसू पोंछे, देखा कमाण्डो अरनव राणा, कमाण्डो संतोष सैनी।

इन्दौर का उसका घर, सामने उसका अरनव तिरंगे में लिपटा था। उसका चेहरा फूलों और मालाओं से इस तरह ढका था कि दिख ही नहीं रहा था। सामने स्क्रीन पर लगातार उसका फोटो दिखाया जा रहा है।

सोनल बिलख उठी 'मुझे आपको ऐसे नहीं देखना है। आखिरी बार नहीं देखना, पहली बार देखना है, सामने बैठकर बार–बार देखना है। आप मुझे ऐसे छोड़कर नहीं जा सकते। अरनव प्लीज मेरे पास आ जाओ ना! आप मिलना चाहते हो ना........... मैं इन्दौर आ रही हूँ अरनव या भोपाल में मिल लें। जहाँ कहोगे वहाँ मिल लूंगी.... पर इतना नाराज नहीं हो प्लीज... अरनव मुझे छोड़ कर मत जाओ प्लीज! आप जो कहोगे, वही होगा। देखो ना मैंने आपकी दी साड़ी पहनी

है। अरनव प्लीज............. ये सच नहीं है। मैं आपके बिना नहीं जी सकती!'

सोनल जोर–जोर से रो रही थी। अरनव ऐसे नहीं जा सकता। उसका अरनव कभी इतना नाराज नहीं हो सकता कि अपनी नन्दू को यूं छोड़ कर चला जाये।

'नन्दिनी!'

'हाँ!' यूं महसूस हुआ जैसे किसी ने पीछे से पुकारा। सोनल को लगा अरनव उसके सामने खड़ा है। फुल यूनिफॉर्म, हाथ में गन, होठों पर हँसी, चेहरा शान्त और आँखों में उसके लिए मोहब्बत।

'आप आ गये अरनव, ये जो खबर है वो झूठ है ना... प्लीज कुछ तो बोलो! मैं आपको देखना चाहती थी पर ऐसे नहीं। प्लीज अरनव बोलो ना........... मुझे छोड़कर कहीं तो नहीं जाओगे ना!'

'नन्दू, मैं तुमसे मिलने आया और तुम रो रही हो, कसम दी थी ना कि रोओगी नहीं!'

'हाँ, मैं नहीं रोऊंगी पर इन सब को बता दो कि आप कहीं नहीं गये हो, आप यहीं हो, कुछ नहीं हुआ ना आपको!'

'नन्दू, मेरी बात सुनो, सुनोगी ना?'

'हाँ!'

'नन्दू, मैं तुमसे बहुत प्यार करता हूँ, अपना ख्याल रखना!'

'अरनव, मैं भी.......... मैं भी आपसे बहुत प्यार करती हूँ, देखो मैंने आँसू पोंछ लिए!'

आँसू पोंछकर जैसे ही सोनल ने सिर उठाकर देखा अरनव नहीं था। वो इधर–उधर दौड़ पड़ी।

'अरनव प्लीज मुझे छोड कर मत जाओ!'

रोते–रोते सोनल जमीन पर बैठ गयी। अचानक रिमोट पर हाथ पड़ गया और चैनल बदल गया। गाना बज उठा–

'रीत ना जानूं, रिवाज ना मानूं

मैं तो ठहरा सादा बंदा!

....

जय हिंद

* 9 7 8 9 3 5 4 7 2 1 2 2 9 *
FCW - #0102 - 061026 - C0 - 203/127/9 - PB - 9789354721229 - Gloss Lamination